Marguerite Yourcenar

Eine Münze in neun Händen

Roman

Aus dem Französischen von
Rolf und Hedda Soellner

Carl Hanser Verlag

Titel der Originalausgabe:
Denier du Rêve

ISBN 3-446-14293-2

Schutzumschlag: Klaus Detjen
Satz: Fotosatz Otto Gutfreund, Darmstadt
Druck und Bindung: May + Co, Darmstadt
Printed in Germany

Der schätzt das Leben nach seinem rechten Wert,
der es wegwirft für einen Traum.

Montaigne, Bd. III, Kap. IV.

Paolo Farina war ein Provinzler, jung noch, wohlsituiert, so anständig, wie man es von einem Mann des Rechts erwarten kann, und in seinem kleinen toskanischen Marktflecken so beliebt, daß selbst sein Unglück ihm keine Verachtung eintrug. Man hatte ihn bedauert, als seine Frau nach Libyen durchgebrannt war, mit einem Liebhaber, von dem sie hoffte, er werde sie glücklich machen. Glücklich war sie kaum gewesen während jener sechs Monate, in denen sie Paolo Farinas Haushalt geführt und sich die bissigen Belehrungen ihrer Schwiegermutter angehört hatte, doch Paolos Liebe war so blind gewesen, so besitzergreifend und ausschließlich, daß er gar nicht auf die Idee gekommen war, die junge Frau könne dieses Leben unerträglich finden. Als Angiola nach einer demütigenden Szene, die sie ihm vor den beiden Dienstmädchen gemacht hatte, das Haus verließ, fragte er sich erstaunt, warum es ihm nicht gelungen war, ihre Liebe zu erringen.

Doch die Urteile seiner Nachbarn beruhigten ihn; er hielt Angiola für schuldig, da die kleine Stadt ihn bemitleidete. Man schrieb die Eskapade der jungen Frau ihrem südlichen Temperament zu, denn es war bekannt, daß sie aus Sizilien stammte; aber man war auch empört darüber, daß jemand, dem aufgrund einer offenbar guten Herkunft das Glück einer Erziehung in der Klosterschule für adelige Mädchen in Florenz und eine wohlwollende Aufnahme in Pietrasanta zuteil geworden war, so tief hatte sinken können. Die allgemeine Ansicht ging dahin, daß Paolo Farina sich als vollendeter Gatte erwiesen habe. Er war vollendeter gewesen, als die kleine Stadt es sich vorstellte, denn er hatte Angiola unter Umständen geheiratet, unter denen ein vorsichtiger Mann gewöhnlich keine Ehe eingeht. Doch diese Erinnerungen waren ihm wider Erwarten kein Anlaß, die Flüchtige schnöder Undankbarkeit zu zeihen, denn sie waren ihm selber kaum noch gegenwärtig. Er hatte sie nach Kräften aus seinem Gedächtnis getilgt, hauptsächlich aus Güte gegen die junge Frau, und damit sie vergessen sollte, was er ihr Mißgeschick nannte, ein wenig auch aus Güte gegen sich selbst, und weil es unangenehm ist, sich sagen zu müssen, daß einem die Ehefrau sozusagen indirekt, aus zweiter Hand, zugefallen ist.

Die anwesende Angiola hatte er geruhsam geliebt; die abwesende loderte mit allen Feuern, die natürlich andere in ihr zu entfachen wußten; und er trauerte nicht so sehr der Ehefrau nach, die er verloren hatte, als vielmehr der Geliebten, die sie nie für ihn gewesen war. Er hoffte nicht, sie wiederzufinden; er hatte schnell auf den extravaganten Plan verzichtet, sich nach Tripolis einzuschiffen, wo zur Zeit die Operntruppe gastierte, der Angiolas Liebhaber angehörte. Mehr noch, er wünschte sich nicht einmal, daß sie zurückkäme: er wußte nur zu gut, daß er für sie immer der lächerliche Ehemann bleiben würde, der sich beim Nachtmahl über die nie richtig gekochten Spaghetti beklagte. Seine Abende verliefen traurig in dem neuen protzigen Haus, das Angiola mit kindlich schlechtem Geschmack eingerichtet hatte. Doch selbst das Unmaß an Nippes sprach vielleicht zugunsten der Abwesenden, denn jeder dieser Gegenstände bewies ihr angestrengtes Interesse an ihrem neuen Leben und den Willen, durch eine Verschönerung der Kulissen das Ungenügen des

Hauptdarstellers zu vergessen. Wenn Paolo hier und dort eine halbgeleerte Schublade öffnete, verhedderte er sich wie in Erinnerungen in die rosa Bänder, mit denen sie versucht hatte, sich an die Pflicht zu heften.

Allmählich fuhr er ein wenig häufiger nach Rom, als es seine Geschäfte unbedingt verlangten, und konnte sich so bei seiner Schwägerin erkundigen, ob sie nichts von Angiola gehört habe. Doch bei diesen Besuchen spielten auch die Anziehungskraft der Hauptstadt sowie die Aussicht auf Vergnügungen, die er in Florenz nicht wahrgenommen hätte und die sich ihm in Pietrasanta nicht boten, eine gewisse Rolle. Er kleidete sich plötzlich stutzerhafter und ahmte so unbewußt den Mann nach, den Angiola ihm vorgezogen hatte. Er interessierte sich zunehmend für die trägen und schwatzhaften Mädchen, die in den Cafés und auf den Promenaden von Rom anzutreffen sind und von denen einige, so vermutete er wenigstens, mit der Erinnerung an eine Häuslichkeit, an einen Verführer und an eine Trennung lebten wie Angiola. Eines Nachmittags begegnete er Lina Chiari in einem Park am Rand eines Brunnens, der unentwegt sein Lied von der Frische leierte. Sie war weder schöner noch jünger als andere: er blieb schüchtern; sie war kühn; sie ersparte ihm die ersten Worte und fast auch die ersten Gesten. Er sah aufs Geld: sie stellte keine Ansprüche, wie alle Armen. Schließlich war sie wie Angiola in einer Klosterschule erzogen worden, wenn auch nicht gerade in einem Institut für adelige Mädchen; sie war über die kleinen lokalen Ereignisse auf dem laufenden – den Bau einer Brücke, den Brand einer Schule –, die Leuten aus derselben Stadt als gemeinsame Wegweiser in die Vergangenheit dienen. Er fand in ihrer

Stimme den heiser-zärtlichen Ton der Florentinerinnen wieder. Und da alle Frauen ungefähr den gleichen Körper und wohl auch die gleiche Seele haben, vergaß er, wenn Lina bei gelöschtem Licht sprach, daß Lina nicht Angiola war und daß seine Angiola ihn nicht geliebt hatte.

Liebe kauft man nicht; Frauen, die sich für Geld weggeben, vermieten sich eigentlich nur an die Männer; aber man kauft Träume; diese ungreifbare Ware wird in vielfacher Form abgesetzt. Mit dem bißchen Geld, das Paolo Farina allwöchentlich Lina gab, handelte er sich eine gewollte Illusion ein, das heißt, die vielleicht einzige Sache auf der Welt, die nicht trügt.

Müde lehnte Lina Chiari sich an eine Mauer und fuhr sich mit der Hand über die Augen. Sie wohnte weit von der Innenstadt entfernt; das Schüttern des Busses hatte ihr Schmerzen verursacht. Sie bedauerte, kein Taxi genommen zu haben, doch sie hatte sich vorgenommen, heute sparsam zu sein: die erste Woche des Monats war vorüber, und sie hatte noch immer nicht ihre Miete bezahlt. Trotz der Hitze eines späten römischen Frühlingstages trug sie einen Wintermantel mit einem stellenweise abgeschabten Pelzkragen. Dem Apotheker schuldete sie noch das Geld für die letzten Beruhigungsmittel, die ihr gar nicht gutgetan hatten; sie konnte nicht mehr schlafen.

Es war noch nicht drei Uhr; sie hielt sich auf der Schattenseite des Corso, dessen Läden allmählich wieder öffneten. Einige Passanten strebten, noch träge vom Essen und der Siesta, ihren Büros oder Ladentischen zu. Keiner schenkte Lina Beachtung; die Straßenerfolge einer Frau richten sich nach der Langsamkeit ihres Gangs und dem Zustand ihres Make-ups, denn von all dem, was ein Gesicht oder ein Körper verspricht, überzeugt einzig die Verheißung der Bereitwilligkeit. Es war ihr schicklich erschienen, sich für einen Arztbesuch nicht zu schminken. Außerdem kam es ihr zupaß, für ihr, wie sie fand, ungewöhnlich schlechtes Aussehen einfach das fehlende Lippenrot verantwortlich zu machen.

Sie ging widerstrebend zu diesem Arzt, nach langen Monaten des Zögerns, in denen sie gewaltsam die Augen vor ihrer Krankheit verschlossen hatte. Sie sprach mit niemandem darüber, denn ihr Übel schien ihr weniger schlimm, solange es verborgen blieb. Die Sturmglocke des Schreckens erklang zu spät in ihrem bereits vom Feind umstellten Körper, weckte sie mitten in der Nacht, gerade erst dann, als sie nicht mehr fliehen konnte. Wie die Belagerten der mittelalterlichen Städte sich im Angesicht des Todes noch einmal in ihren Betten umdrehten und versuchten, wieder einzuschlafen, indem sie sich einredeten, daß die drohenden Flammen nur in ihren Alpträumen nach ihnen griffen, so hatte sie Drogen verwendet, die zwischen uns und das Entsetzen den Schlaf schieben. Doch die Drogen ließen sie, wie über Gebühr ausgenützte Wohltäter, eine nach der anderen im Stich. Schüchtern machte sie einigen ihrer Männerbekanntschaften gegenüber scherzhafte Bemerkungen über ihre Schlaflosigkeit, über ihren Gewichtsverlust, der nur allzu sichtbar war, sie jedoch freue, weil sie dadurch den eleganten Frauen aus den französischen Modejournalen gleiche. Sie verharmloste ihr Übel zu einer bloßen Unpäßlichkeit, damit diese Männer sie müheloser beruhigen konnten, empfand es aber dann doch empörend, als eine Art Herzlosigkeit, daß man ihr die Lüge abnahm.

Von der Veränderung, die sie an ihrem Körper festgestellt hatte – eine leichte, kaum sichtbare Schwellung in der müden Falte unter der Brust – sprach Lina jedoch auch weiterhin nicht. In ihrer Angst, jemand könnte diesen Knoten durch eine zufällige Liebkosung entdecken, behielt sie solange wie möglich ihr Hemd an, als sei sie wieder schamhaft geworden, seit ihr Fleisch eine vielleicht tödliche Krankheit barg. Doch ihr Schweigen schwoll an, verhärtete sich, wog immer schwerer, als sei es ebenfalls zu einem bösartigen Tumor geworden, der sie langsam vergiftete. Endlich hatte sie sich doch entschlossen, einen Arzt zu konsultieren, weniger auf der Suche nach Heilung, als aus dem Drang, einmal ohne Hemmung von sich selber zu sprechen. Von ihrem Freund Massimo, dem sie sich als einzigem halb anvertraut hatte und der, zumindest dem Namen nach, ganz Rom kannte, erfuhr sie von Doktor Alessandro Sarte; Massimo konnte sie dieser neuen medizinischen Berühmtheit sogar über Bekannte empfehlen. Vor einer Woche hatte Lina Chiari von einem Café aus telefonisch um einen Termin ersucht; sie hatte sich Adresse und Zeit sorgfältig auf ein Stück Papier notiert, das in ihrer Handtasche umgehend den Platz eines Talismans oder einer wundertätigen Heiligenmedaille einnahm. Zur vereinbarten Stunde stand sie vor dem Haus des Professors Alessandro Sarte, ehemals Chef einer Chirurgischen Klinik, Internist, Sprechstunden Dienstag, Donnerstag und Freitag von fünfzehn bis achtzehn Uhr, mit Ausnahme der Sommermonate. Sie fühlte sich mutig, weil sie besiegt war, erhoffte sich so gut wie nichts mehr, um nicht zu schnell auf ihre Hoffnung verzichten zu müssen, und war trotzdem froh, ihr Schicksal in die Hände eines bekannten Mannes legen zu können.

Sie fuhr aus Bescheidenheit nicht mit dem Lift (diesen Maschinen mißtraute sie übrigens immer ein wenig) und ging zu Fuß die große Treppe aus weißem Marmor hinauf. Die Kühle im Treppenhaus rechtfertigte plötzlich den alten Mantel. In der zweiten Etage stand sie dann wieder vor einem Türschild mit dem Namen des Arztes. Sie klingelte schüchtern, denn das feierliche alte Haus erinnerte sie an das Palais einer wohltätigen adeligen Dame in Florenz, der sie als Kind immer mit einem Blumenstrauß zum Namenstag hatte gratulieren müssen. Eine Sprechstundenhilfe, die mit ihrem weißen Kittel und ihrer konventionellen Freundlichkeit ein ziemlich genaues Abbild der Pflegerin der alten florentinischen Dame war, öffnete die Tür. Leute saßen bereits im schönen Wartezimmer, wo Klappläden die Stofftapeten vor der Sonne schützten. Als erster wurde ein betagter Herr aufgerufen, der Lina musterte und dem sie unwillkürlich zulächelte; ihm folgte eine alte Dame, über die es nichts zu sagen gab, außer daß sie sehr alt war; schließlich eine Frau mit Kind. Diese Menschen hätten, nachdem die Tür hinter ihnen geschlossen war, ebensogut sterben können, denn sie blieben verschwunden. Als Lina feststellte, daß manche dieser Patienten fast ebenso ärmlich gekleidet waren wie sie, schwand allmählich ihre Befürchtung, der Professor könne sehr teuer sein. Trotzdem machte sie sich Vorwürfe, daß sie nicht, wie ursprünglich geplant, zu dem bescheidenen Arzt gegangen war, der sie bei einem »Liebesunfall« behandelt hatte; wie die kleinen Leute aus ihrem Dorf bei Florenz hatte sie im Augenblick der Gefahr den Heiligen gewechselt.

Doktor Alessandro Sarte saß an seinem mit Karteikarten übersäten Schreibtisch; man sah von ihm nur den Kopf, den weißen Oberkörper und die Hände, die wie sorgfältig gepflegte Instrumente vor ihm lagen. Mit seinem schönen, ein wenig grimassierenden Gesicht erinnerte er Lina an Dutzende ihrer Straßenbekanntschaften, die für sie selbst in intimeren Situationen Passanten geblieben waren, denen sie nie wieder begegnen würde. Doch Professor Sarte verkehrte nur mit Frauen, die in der Aristokratie des Fleisches höher angesiedelt waren. Wieder dämpfte Lina bei der Schilderung ihres Falles den Ernst ihrer Befürchtungen, verlängerte ihren Bericht durch unnütze Phrasen, wie ein Patient, der endlos den Verband von seiner Wunde wickelt, sprach von diesem Arztbesuch wie von einer vielleicht übertriebenen Vorsichtsmaßnahme, legte eine Unbekümmertheit an den Tag, in die sich Mut und die geheime Hoffnung mischten, daß er ihr nicht widersprechen würde. Dann, wie ein Mann, der genug hat vom Geschwätz einer Mätresse für eine Nacht und endlich zur nackten Realität kommen will:

»Ziehen Sie sich aus«, sagte er.

Nichts beweist, daß sie diese vertrauten, vom Amourösen ins Chirurgische versetzten Worte wiedererkannte. Während Linas Hände sich mit dem Verschluß ihres Kleides abmühten, glaubte er, einen Satz hinzufügen zu müssen, der aus seinem medizinischen Sprachschatz stammte, den sie jedoch seit der fernen Zeit ihres ersten Verführers wohl nicht mehr gehört hatte:

»Keine Angst, es tut nicht weh.«

Er führte sie in einen verglasten Raum, der durch seine Helle kalt wirkte und in dem selbst das Licht den Eindruck der Mitleidlosigkeit erweckte. Unter seinen großen, sauber gewaschenen Händen, die sie ohne wollüstige Absicht betasteten, brauchte sie keine Schauer zu mimen. Sie saß, vom Arzt gestützt, auf dem Ledersofa, das kaum breiter war als ihr Körper, und forschte mit zusammengekniffenen Augen in diesen durch die Nähe riesigen Pupillen, die jedoch nichts ausdrückten. Das Wort, das sie fürchtete, wurde übrigens nicht ausgesprochen: der Chirurg warf ihr nur vor, daß sie sich nicht schon früher hatte untersuchen lassen; sie wurde plötzlich ganz ruhig und fühlte, daß sie in einem gewissen Sinn nichts mehr zu befürchten hatte, denn von all ihren Ängsten blieb auch die schlimmste weit hinter der Wirklichkeit zurück.

Sie durfte sich wieder ankleiden. Doch ehe sie hinter dem Paravent den Träger ihres Seidenhemds wieder hochzog, betrachtete sie einen Augenblick lang ihre Brust, so wie sie es früher getan hatte, zu einer Zeit, wo heranwachsende Mädchen die langsame Vervollkommnung ihres Körpers bestaunen. Heute indes handelte es sich um eine schrecklichere Reifung. Ein fernes Erlebnis kam ihr in den Sinn: eine Ferienkolonie; der Strand von Bocca d'Arno; Baden am Fuß der Felsen, wo eine Krake sich an ihr Fleisch geklammert hatte. Sie hatte geschrien; sie war mit diesem lebenden Gewicht beschwert herumgerannt; als man das Tier losriß, hatte sie geblutet. Ihr ganzes Leben lang hatte sie diese unersättlichen Saugarme und das Blut in ihrer Erinnerung parat gehalten, diesen Schrei, vor dem sie selber erschrocken war und den sie nun doch nicht mehr ausstieß, weil sie wußte, daß es zwecklos war und sie diesmal niemand befreien würde. Während der Arzt telefonisch für sie ein Bett in der Poliklinik reservieren ließ, flossen über ihr bebendes graues Gesicht Tränen, die vielleicht aus dem Grund ihrer Kindheit kamen.

Gegen halb fünf Uhr ging die Tür des Sprechzimmers wieder auf, und die Krankenschwester brachte Lina Chiari zum Lift. Der Professor war sehr freundlich gewesen; er hatte ihr von dem Portwein angeboten, den er für den Fall bereithielt, daß die Kranken den Mut verloren. Er werde sich um alles kümmern; sie solle sich nur in der nächsten

Woche in der Poliklinik einfinden, wo er die Armen kostenlos operierte; wenn man ihn so hörte, schien nichts einfacher zu sein als gesund zu werden oder zu sterben. Der Lift war die zwei Etagen hinabgetaucht und zum Stehen gekommen: Lina blieb, den Kopf zwischen die Hände gestützt, auf der roten Samtbank sitzen. Trotz ihres tiefen Elends fand sie Trost in der Überlegung, daß sie sich nun nicht mehr darum kümmern müsse, Geld aufzutreiben, ihr Essen zu kochen oder ihre Wäsche zu waschen: von nun an brauchte sie nichts anderes mehr zu tun als zu leiden.

Sie war wieder auf dem lärmenden und staubigen Corso, wo Zeitungsverkäufer ein schönes Verbrechen anpriesen. Eine Mietdroschke, die am Gehsteig wartete, erinnerte sie an ihren Vater: er war Kutscher in Florenz gewesen; er hatte zwei Pferde gehabt; das eine hieß Bello, das andere Buono; sie wurden von der Mutter liebevoller betreut als die Kinder; Buono war krank geworden und mußte geschlachtet werden. Blicklos ging Lina an einem Plakat vorbei, das für heute abend eine Rede des Staatschefs ankündigte, aber gewohnheitsmäßig blieb sie vor der Anzeige der Mondo-Lichtspiele stehen, wo in dieser Woche ein großer Abenteuerfilm mit der unvergleichlichen Angiola Fides lief. Vor einem Wäschegeschäft fiel ihr ein, daß sie für das Krankenhaus leinene Nachthemden kaufen müsse, wie sie sie in der Schule getragen hatte; man konnte sie schicklicherweise nicht in einem rosa Seidenhemd begraben. Sie war versucht, nach Hause zu gehen und ihrer Wirtin alles zu erzählen; doch die Kenntnis von Linas Krankheit würde diese Frau nur veranlassen, schleunigst die unbezahlte Miete einzufordern. Paolo Farina wollte am Montag zur gewohnten Zeit kommen; zwecklos, ihn mit einem Bericht über ihr Leiden anzuwidern. Einen Augenblick dachte sie daran, in ein Café zu gehen und Massimo anzurufen, den Freund ihres Herzens; aber er hatte nie gemocht, daß man ihn störte; Massimos Leben war noch komplizierter als das ihre; er kam zu Lina nur, um sich an schlechten Tagen trösten zu lassen. Ein Rollentausch war ausgeschlossen: alles, was Massimo von den Frauen erwartete, war eben dieses zärtliche Mitgefühl. Sie redete sich ein, daß es so am besten sei: das Sterben wäre ihr schwerer gefallen, hätte Massimo sie geliebt. Ein Mitleid, das wie der schneidende Schmerz einer Neuralgie war, erfaßte sie für diese Lina, die, von keinem beklagt, nur noch sechs Tage zu leben hatte. Der Arzt hatte ihr soeben eröffnet, daß man ihr eine Brust abnehmen müsse; verstümmelte Brüste gefallen nur an den Marmorstatuen, die sich die Touristen im Vatikanischen Museum ansehen.

Als sie die Straße überquerte, bemerkte sie im Schaufenster einer Parfümerie eine Frau, die ihr entgegenkam. Eine nicht mehr ganz junge Frau mit großen müden und traurigen Augen, die nicht einmal mehr versuchte, auf ihr verstörtes Gesicht die Lüge eines Lächelns zu zwingen. Eine Frau, die so banal war wie hundert andere, an denen Lina in der Menge der abendlichen Flanierer gleichgültig vorbeigegangen wäre. Sie erkannte sich jedoch an diesen abgetragenen Kleidern, von denen sie, wie von ihrem Körper, eine Art organisches Wissen besaß und deren geringste Risse und kleinste Flecken ihr ebenso spürbar waren wie einem Kranken die bedrohten Punkte seines Fleisches. Die ausgetretenen Schuhe, der Mantel aus dem

Schlußverkauf eines Modegeschäftes, der neue, etwas zu auffällige Hut, den Massimo ihr unbedingt hatte schenken wollen, als er wieder einmal plötzlich und auf ein wenig beunruhigende Weise zu Geld gekommen war. Ihr Gesicht erkannte sie jedoch nicht wieder. Was sie sah, waren nicht die Züge der Lina Chiari, die bereits der Vergangenheit angehörte, sondern das künftige Gesicht einer Lina, der man alles weggenommen hatte und die bereits in diese peinlich sauberen, sterilen, nach Formalin und Chloroform riechenden Gebiete eingetreten war, die dem Tod als eisiges Vorfeld dienen. Mit einer halb professionellen Geste öffnete sie ihre Handtasche und suchte nach dem Lippenstift: sie fand aber nur ein Taschentuch, einen Schlüssel, eine kleine, mit einem vierblättrigen Kleeblatt verzierte Dose, aus der Puder stäubte, einige zerknitterte Geldscheine und das silberne Zehn-Lire-Stück, das Paolo Farina ihr gestern gegeben hatte, in der Hoffnung, daß die Neuheit der Prägung die Bescheidenheit des Geschenks ausgleiche. Den Lippenstift hatte sie im Wartezimmer des Arztes vergessen: zurückgehen und ihn holen kam nicht in Frage. Ein Lippenstift ist jedoch unentbehrlich: sie betrat die Parfümerie, und der Besitzer, Giulio Lovisi, eilte herbei, um sie zu bedienen.

Sie verließ den Laden mit dem Stift und einer Gratisprobe französischer Schminke. Sie hatte beides unverpackt mitgenommen: vor der von ihrem Atem leicht beschlagenen Schaufensterscheibe, in der das ganze Leben eines römischen Abends vorbeizog, schminkte sie sich. Die bleichen Wangen wurden wieder rosig; der Mund nahm das Blutrot an, das an das geheime Fleisch oder die Knospe einer gesunden Brust erinnert. Die Zähne, die durch diesen Kontrast aufgehellt wurden, glänzten sanft am Rand der Lippen. Die lebende, intensiv gegenwärtige Lina wischte das Gespenst der künftigen Lina hinweg. Sie würde zusehen, daß sie Massimo noch heute abend treffen konnte. Dieser oberflächliche, egoistische und liebesbedürftige junge Mann, den die geringste Anspielung an körperlichen Schmerz in düstere Stimmung versetzte, würde sich durch die falsche Frische ihres Make-ups täuschen lassen und nicht bemerken, daß sie litt. Er würde sich ihr wie immer gegenübersetzen, seine Zigaretten und Bücher auf den Tisch eines Cafés legen und sich über das Leben und vor allem über sich selber beklagen. Und vielleicht könnte sie sogar noch Eroberungen machen; jemand würde sie vielleicht in eines der halbseidenen Restaurants einladen, für die sie ihre auffallendsten Kleider bereithielt; nachts, aus der Ferne, im Lampenschein würden ihre Freundinnen ihr verändertes Aussehen nicht bemerken und daher nicht das Vergnügen haben, sie zu bedauern. Selbst der plumpe Paolo Farina schien ihr weniger lästig als sonst, als genüge seine strotzende Gesundheit, um ihm in den Augen dieser kranken Frau plötzlich eine Art beruhigenden Prestiges zu verleihen. Alles schien ihr weniger düster, seit ihr Gesicht sie nicht mehr erschreckte. Die blendende, von ihr selber aufgelegte Maske verstellte ihr den Blick in den Abgrund, in den sie sich vor ein paar Augenblicken hatte abgleiten fühlen. Die sechs Tage, über die sie nicht hinaussehen wollte, versprachen Freude genug, um sie an dem so nahen Unglück zweifeln zu lassen, und dieses Unglück hinwiederum wertete ihr armseliges Leben auf.

Ein Lächeln, das so künstlich war wie ein letzter

Schminketupfer, erhellte ihr Gesicht. Doch allmählich wurde dieses affektierte Lächeln immer aufrichtiger: sie lächelte beim Anblick ihres Lächelns. Es machte ihr kaum etwas aus, daß dieses hastig aufgetragene Rouge bleiche Wangen bedeckte und diese Wangen nur wie ein Schleier aus Fleisch auf dem Knochengerüst lagen, das ein bißchen weniger verderblich war als die Frische einer Frau; daß schließlich auch dieses Skelett zu Staub zerfallen mußte, um nur dieses Nichts übrigzulassen, aus dem die menschliche Seele fast immer besteht. Eine dünne Schicht Schminke rettete Lina Chiari wie durch einen Zaubertrick vor dem Schrecken und der Verzweiflung.

Giulio Lovisi schloß die Kassenschublade ab, warf einen letzten Blick auf den dunkel gewordenen Laden mit den vielen Flakons, in denen sich hier und dort ein Rest Sonne fing, zog die Türklinke ab und ließ den eisernen Rolladen herunter. Dann lehnte er sich einen Augenblick an die Mauer und atmete die Dämmerung ein, obwohl der Abendstaub schlecht für sein Asthma war.

Seit dreißig Jahren verkaufte Giulio Lovisi auf dem Corso Parfums, Cremes und Toilettenartikel. Während dieser Zeit hatten sich viele Dinge in der Welt und in Rom geändert. Die Anzahl der Autos, die seine zerbrechliche Ware auf den Regalen erzittern ließen, hatte sich in der plötzlich schmaler gewordenen Straße vervielfacht; die Auslagen, einst bescheiden von bunten Holztäfelungen gerahmt, waren in Marmorplatten gefaßt, die an die Grabsteine eines Campo Santo erinnerten; die Parfums hatten schwindelnde Preise erreicht; die Form der Flakons war bizarrer oder strenger geworden; und Giulio war gealtert. Frauen in langen Röcken, dann in kurzen Röcken hatten sich auf seinen Ladentisch gestützt, unter großen Hüten, die wie Heiligenscheine, oder unter kleinen Hüten, die wie Helme aussahen. Als er jung war, hatten sie ihn mit ihrem Lachen verwirrt, mit ihren weißen Fingern, die über den Flaum der Puderquasten in den offenen Schubfächern streichen, mit den Attitüden, die sie wie zufällig vor allen Spiegeln und allen Augen einnehmen, die jedoch immer nur der Liebe gelten, wie die Gesten von pausenlos für die Bühne probenden Schauspielerinnen.

Mit zunehmendem Alter war sein Urteilsvermögen gewachsen, und er wog mit einem Blick diese kleinen, fast gewichtlosen Seelen ab; er durchschaute die Arroganten, die von der Schminke nur verlangen, daß sie ihre Anmaßung unterstreiche; die Verliebten, die einen Mann an sich fesseln wollen; die Schüchternen und Häßlichen, die ihr Gesicht unter Salben verbergen; und die Frauen, die wie seine letzte Kundin, die Lippenstiftkäuferin von vorhin, aus der Lust ein Gewerbe gemacht haben, das ebenso mühsam ist wie jedes andere. Und während dieser dreißig Jahre war es ihm als beflissenem Lieferanten weiblicher Schönheit gelungen, genügend Geld beiseite zu legen, um sich eine Villa am Strand von Ostia zu leisten. Und er war seiner Frau Giuseppa treu geblieben.

Giulio schloß an diesem Abend früher als sonst, da er es übernommen hatte, in der Stadt die Besorgungen für den Haushalt zu machen. Er erwiderte zerstreut den Gruß seines Nachbarn, des Hutmachers, der durch seine Schaufensterscheibe auf die Straße blickte, und entfernte sich gesenkten Hauptes. Die Traurigkeit, die ihn niederdrückte, war so banal, daß sie wohl niemandes Mitgefühl erregt hätte. Der alte Giulio versuchte sich einzureden, daß sein Los beneidenswert und seine Frau eine gute Frau sei, mußte jedoch zugeben, daß das Geschäft immer schlechter ging und Giuseppa ihm das Leben vergällte. Er hatte alles getan, um sie glücklich zu machen. Er hatte sich nach Kräften bemüht, seine Schwäger und Schwägerinnen zu ertragen, die ihm ihre Krankheiten und ihre Kinder ins Haus schleppten; er hatte für diese Leute große finanzielle Opfer gebracht, die Giuseppa ihm nun zum Vorwurf machte. Und es war nicht seine Schuld, daß die Entbindung seiner Frau so schwierig gewesen war, noch daß es in Paris, während ihrer Hochzeitsreise, pausenlos geregnet hatte. Er war vier Jahre lang im Krieg gewesen; das war auch kein Spaß. Während seiner Abwesenheit hatte Giuseppa das Geschäft weitergeführt und dabei einen stellvertretenden Bankdirektor kennengelernt, der ihr, wie sie sagte, den Hof gemacht hatte und als Ordensträger und Autobesitzer Giulio natürlich weit überlegen war; als anständige Frau hatte sie ihn abgewiesen, doch auch dafür konnte Giulio nichts. Der alte Giulio gehörte der Partei der Ordnung an: geduldig ertrug er die Unannehmlichkeiten eines Regimes, das für Sicherheit auf der Straße sorgte, so, wie er jedes Jahr ohne Murren seine Glasversicherung bezahlte. Die Heirat ihrer Tochter Giovanna mit diesem Carlo Stevo, der soeben vom Sondergericht wegen subversiver Propaganda zu fünf Jahren Deportation verurteilt worden war, hatte er nicht gewollt. Die Strenge der neuen Gesetze, die steigenden Zollgebühren auf französische Erzeugnisse, die läppischen Szenen seiner Frau, Vannas Quasi-Witwenschaft und das ungerechte Schicksal seiner rührenden, an Hüftgelenkstuberkulose leidenden Enkelin, das alles zusammen machte aus Giulio zwar nicht den Unglücklichsten der Sterblichen, denn es wäre vermessen, einen derartigen Titel zu beanspruchen, aber doch einen armen Mann, den die Sorgen ebenso plagten wie nur irgendeinen.

Nein, Giulio hatte es nicht eilig, in sein Haus in Ostia zurückzukommen, wo man Nacht für Nacht seine kleine einsame Giovanna durch die zu dünnen Wände hindurch weinen hörte. Nur die Angst um ihr Kind hielt Vanna davon ab, vollends zu verzweifeln; Giulio dankte beinah dem Himmel dafür, daß er ihr diesen Kummer gewährt hatte, der sie nun von den anderen Nöten ablenkte. Die Ansprache des Diktators bot ihm zwar einen guten Grund, heute abend länger in der Stadt zu bleiben, doch gegen die Feinde des Regimes donnern zu hören, ist kein reines Vergnügen, wenn man selber, mehr als einem lieb ist, mit Verdächtigen und Verurteilten verschwippt ist und es zudem ermüdend findet, sich in der Menge eine lange Rhetorikübung anzuhören. Natürlich hätte er den Besuch der Veranstaltung vorschützen und sich ein Eis oder einen ruhigen Abend in einem römischen Café leisten können, doch daran dachte der sparsame und häusliche Mann nicht einmal. Lieber sich frühzeitig auf den Weg machen zu der winzigen Villa, die Giuseppa mit ihrer Leibesfülle und dem Geratter ihrer Nähmaschine in Beschlag hielt, und sich wieder einmal sagen lassen, daß der schwarze Faden nichts tauge und die umgetauschten Knöpfe immer noch zu teuer seien. Giuseppa wurde zunehmend sauertöpfischer; für diese betagte, korpulente und rheumatische Frau war es eine Plage, so gut es ging, die kleine anspruchsvolle Mimi pflegen, den Haushalt führen und die arme Giovanna von ihren Sorgen ablenken zu müssen.

Er hatte gehofft, die Manien seiner Frau würden sich mit dem Alter abschwächen, doch Giuseppas Charakterfehler hatten, wie ihre Arme und ihre Taille, monströse Ausmaße angenommen; und dreißig Jahre ehelichen Zusammenlebens verliehen ihr soviel Ungeniertheit, daß sie diese Fehler so wenig verbarg wie ihre körperlichen Unzulänglichkeiten: er mußte Giuseppas Eifersucht ertragen, wie er sich an ihre ewig feuchten Hände hatte gewöhnen müssen. Er ging auf die Sechzig: sein salbungsvolles Gesicht glänzte, als habe es sich im Lauf der Zeit mit den Pomaden und Ölen aus seinem Laden vollgesogen; sie sah ihn nicht so, wie er wirklich war; sie hatte, um sich zu kasteien, einen Giulio erfunden, der ein Frauenheld war und sie mehr interessierte als der echte Giulio. Erst am Vortag hatte sie ihm eine Szene gemacht, in dem engen Laden, wo die kleinste ein wenig heftige Bewegung so viele Parfums gefährdete; sie hatte ihn gezwungen, seine neue Verkäuferin zu entlassen, eine junge interessante Engländerin, die er aus reinem Mitleid als Aushilfe für die Stoßzeit eingestellt hatte. Miss Jones hielt sich vorübergehend in Rom auf. Das Geld war ihr ausgegangen, und mit den paar Konversationsstunden, die sie gab, konnte sie sich nicht über Wasser halten. Die Verdächtigungen seiner Frau kränkten Giulio, der allerdings vergaß, daß er die langen schlanken Beine von Miss Jones ausgiebig betrachtet hatte. Neben den offiziellen Mißgeschicken, die jeden Abend am Familientisch beklagt wurden, empfand er den Weggang der rührenden Engländerin als ein kleines romantisches Unglück, das ihn allein betraf.

Giulio Lovisi drückte ehrfürchtig die Tür auf, deren weiche Lederverkleidung vom vielen Anfassen speckig geworden war, und betrat eine bescheidene Pfarrkirche, wo er jeden Abend einen Tropfen Gottesgeist genoß, so, wie andere zu einem Schluck Alkohol ins Café oder in eine Kneipe gehen. Selbst in Dingen des Glaubens gehörte dieser solide Bourgeois zu den Leuten, die sich mit einer kleinen Dosis begnügen. Gott, dessen Wille als Erklärung für

Giulios Nöte und als Entschuldigung für Giulios Mutlosigkeit diente, schien hier inmitten des Altargolds seinen Sitz aufgeschlagen zu haben, damit eine unendliche Schar von Pechvögeln sich bei ihm über ihre Leiden beklagen und sich so darüber hinwegtrösten konnten. Der zuvorkommende Gott ließ es sogar zu, daß man es sich dabei bequem machte. Der himmlische Gastgeber machte keinerlei Vorschriften: man konnte nach Belieben stehen bleiben oder sich mit seinen Paketen auf einen Stuhl fallen lassen; man konnte umhergehen und dabei zerstreut ein schwärzliches Gemälde betrachten, das von einem großen Maler sein muß, da die Fremden manchmal dem Küster ein Trinkgeld geben, damit er es ihnen zeige; oder niederknien und beten. Dieser unbedeutende Giulio mit seinen nichtigen Mißlichkeiten konnte Gott sogar täuschen, indem er IHM gegenüber seine Not übertrieb oder IHM, durch einen Appell an Seine Güte, plump schmeichelte. Der unsichtbare Gesprächspartner nahm sich nicht die Mühe, Giulios Lügen zu entlarven; die marmorne Magdalena, die an einen Pfeiler hingelagert war, brauste nicht auf, wenn dieser dicke Mann im beigen Anzug im Vorübergehen nostalgisch ihren nackten Fuß streifte. Der Pfarrer, der Organist, der rot gekleidete Sakristan, der Bettler unter dem Portal von Santa Maria Minore, sie alle nahmen diesen abendlichen Stammgast ernst. Und die Kirche war wohl der einzige Ort auf der Welt, wo Giuseppa gezögert hätte, eine Szene zu machen.

Rosalia di Credo, die Kerzenverkäuferin, erhob sich geräuschlos hinter ihrem Stand und schob sich durch die Stuhlreihe auf Giulio zu.

»Signor Lovisi, wie geht es der lieben Kleinen?« fragte sie in dem diskreten Flüsterton, der in Krankenzimmern, im Theater und im Gotteshaus unerläßlich ist.

»Ein bißchen besser«, hauchte Giulio ohne Überzeugung. »Aber der neue Arzt meint, genauso wie die anderen, daß noch unendlich viel Zeit und Behandlung nötig sind. Das ist hart, vor allem für die arme Mutter.«

Insgeheim dachte Giulio jedoch, daß die Sorge um das Kind für Vanna eher ein Segen sei. Er dachte es, doch um auszusprechen, was man denkt, braucht man mehr Rückgrat, als der alte Mann aufzubieten hatte. In Wahrheit ging es der Kranken weder besser noch schlechter als gewöhnlich. Giulio bezweifelte sogar, daß sie je völlig genesen würde. Aber diesen Zweifel einzugestehen, wäre eine Sünde wider die Hoffnung gewesen. Eine ehrliche Antwort wäre einer Rücksichtslosigkeit gegenüber dieser mitfühlenden alten Jungfer gleichgekommen und hätte den höflichen Austausch kurzer Floskeln, die zur Verständigung zwischen wohlerzogenen Leuten genügen, unnötig kompliziert.

»Armer Engel«, stieß Rosalia di Credo hervor.

»Geduld«, sagte Giulio demütig, »Geduld.«

Rosalia sprach nun noch leiser, nicht so sehr aus Schicklichkeit, wie vorhin, sondern weil es jetzt wirklich darauf ankam, daß niemand sie hören konnte.

»Wahrhaftig ein Unglück für Ihre arme Tochter, daß er nicht rechtzeitig nach Lausanne gegangen ist.«

»Der Dummkopf«, sagte Giulio und unterdrückte einen Fluch, der übrigens nur seine freundschaftliche Vertrautheit mit dem Lieben Gott bewiesen hätte. »Ich war immer der Meinung, daß es mit diesem Carlo ein übles

Ende nehmen werde... Ich hab es ihm oft genug gesagt...«

In Wirklichkeit war er kaum dazu gekommen, Vannas Mann irgend etwas zu sagen, denn Carlo Stevo hatte schon bald jeden Verkehr mit seinem Schwiegervater eingestellt. Doch nicht aus Eitelkeit gab Giulio vor, diesem berühmten Unglücksmenschen die Leviten gelesen zu haben, sondern aus Angst; er wollte jeden Verdacht, den Schwiegersohn jemals gebilligt zu haben, von sich abwenden. Da ein Verbrecher furchterregend sein mußte, galt es, die Erinnerung an Carlo rückwirkend mit einem Schuß Horror zu versetzen – und Carlo Stevo war, wie seine Verurteilung zeigte, eindeutig ein Verbrecher.

»Ich habe ihn immer verabscheut«, sagte er.

Das stimmte nicht. Zu Beginn hatte er Carlo Stevo mit dem Gefühl bedacht, über das wir so reichlich verfügen, daß wir es etlichen zwei Milliarden Menschen entgegenbringen: der Gleichgültigkeit. Dann, vor ungefähr zehn Jahren (wie die Zeit vergeht!), als Giuseppa dem jungen Mann brieflich ein möbliertes Zimmer in der Villa in Ostia vermietet hatte, hatte Giulio die Bücher dieses schwierigen Schriftstellers gekauft und vor seinen Nachbarn und Bekannten unmäßig mit der Berühmtheit seines Mieters und der Höhe des Mietpreises geprahlt. Dann war Carlo Stevo mit seinem bescheidenen Köfferchen angekommen; dieser dreißigjährige Mann schien ihnen zu jung für seinen Ruf und zugleich vorzeitig gealtert für seine Jahre, und sein kränklich wirkender, leicht verkrümmter Körper ließ sich nicht mit so vielen Meisterwerken und so viel Ruhm in Einklang bringen. Die Lovisi hatten ihrem Gast gegenüber eine Wertschätzung an den

Tag gelegt, die von Mitleid, das heißt von Verachtung durchsetzt war. Dieses Mitleid, diese Verachtung hatten ihren Höhepunkt erreicht während der Lungenentzündung, an der Carlo Stevo zu sterben glaubte; ein Hauch von Vertraulichkeit hatte sich in die Beziehungen zu ihrem Mieter gemischt: dieser geniale Mann, der von irgendeiner Flamme verzehrt wurde, war für sie nur noch ein Kranker, den sie nach besten Kräften zu pflegen versuchten. Eine andere Seele hatte jedoch Feuer gefangen: Vanna. Die Liebe des Mädchens besaß eine so große Strahlkraft, daß die Lovisi schließlich Carlo mit Vannas Augen sahen und mit Vannas Herzen liebten. Nachdem er ihr Schwiegersohn geworden war, hatte das Gefühl, das er ihnen einflößte, sich in Stolz verwandelt, denn von diesem Augenblick an betrachteten sie ihn als ihr Eigentum. Sie hatten sich damit abgefunden, ihre Tochter nur noch selten zu sehen; die brandneue Wohnung ihrer Vanna in einem vornehmen römischen Viertel und die teuren Behandlungen für das kranke Kind schmeichelten ihrer Eitelkeit. Als dann beunruhigende Gerüchte über Carlo Stevos politischen Umgang zu kursieren angefangen hatten, als die, wie sie selber sagte, vernachlässigte, auf alle Fälle aber unglückliche Vanna zu immer längeren Besuchen gekommen und schließlich mit ihrem behinderten kleinen Mädchen wieder ganz zu ihnen gezogen war, da hatten sie den Kopf geschüttelt und sich gesagt, daß es eben doch falsch sei, über seinem Stand zu heiraten, und daß es richtig sei, einem Literaten zu mißtrauen, der nicht denkt wie alle Welt. Und nun, nachdem er nur noch eine Ziffer irgendwo auf einem Felsen war, beunruhigte sie dieser irreal gewordene Carlo wie ein Gespenst.

»Und ...« fragte Rosalia di Credo, »hat man Ihnen gesagt, wo er ist?«

»Ja«, sagte Giulio. »Auf einer Insel. Ich weiß nicht mehr genau wo. Bei Sizilien.«

»Sizilien«, sagte Rosalia di Credo leise.

Dieser Name erweckte sicherlich in ihr Gefühle, die inniger und vielleicht auch schmerzhafter waren als das schwache Interesse, welches das Bild vom Unglück eines anderen erregt. Die stechende Erinnerung an eine verlorene Freude durchschoß plötzlich die faden Variationen der höflichen Rührung und vagen Anteilnahme, und wäre Giulio nicht vom Dröhnen seiner eigenen Nöte betäubt gewesen, er hätte an der Art, wie Rosalia dieses Wort aussprach, eine Frau erkannt, die aus dem Glück deportiert worden war.

»Das könnte man noch hinnehmen«, sagte er, »wenn nur unsere arme Vanna ein bißchen vernünftiger wäre. Meine Frau muß jede Nacht aufstehen und mit ihr beten, ihr warme Milch zu trinken geben und bei ihr am Bett sitzen, eben alles tun, um sie zu beruhigen. Und das nur, weil der Herr Gemahl sich in die Politik gemischt hat und auf einem Felsen verschimmelt. Am meisten trifft es wie immer die Unschuldigen. Niemand kann mehr ruhig schlafen.«

Der Unschuldige, das war er, Giulio, dessen Schlaf man störte. Diese Sklavenmaske, die aus einer antiken Komödie zu stammen und ironischerweise mit dem Schicksal des Prometheus verknüpft schien, fing plötzlich aus Angst vor der Schlaflosigkeit zu grimassieren an.

»Diese Frechheit, einen so großen Mann anzugreifen«, fuhr er, immer noch leise, aber im überzeugten Ton eines

Mannes fort, der weiß, daß er ehrenwerte, allgemein gebilligte Gefühle ausdrückt, die niemand wagen würde in Abrede zu stellen.

»Und dem alles gelingt... Wenn ich bedenke, daß wir unsere Vanna einem gebildeten Menschen gegeben haben...«

Rosalia di Credo seufzte: der Seufzer galt wohl ihrem eigenen Kummer:

»Oh Heilige Jungfrau!«

Und in einer Aufwallung von Frömmigkeit und Geschäftssinn, zwei Eigenschaften, die einer bereits überholten Periode ihres Lebens entsprachen, jedoch noch immer ihre kleinen marionettenhaften Gesten am Rand ihres Kerzenstandes bestimmten:

»Signor Lovisi, wenn Sie ihr eine Kerze stifteten, würde die Madonna Ihnen vielleicht helfen, sie ist so gütig!«

»Die gütige Mutter!« murmelte Giulio.

Er schwieg nach diesem Ausspruch, mit dem er unwissentlich Maria mit den antiken Muttergöttinnen gleichsetzte, die der Mensch wie eh und je anruft. In diesem Augenblick stieß die Orgel über ihren Köpfen einen rauhen Schrei aus, zu unerwartet, als daß es sich um den Beginn eines Kirchenliedes handeln konnte. Ein zweiter Akkord erklärte den ersten; ein Wechselspiel von triftigen Fragen und präzisen Antworten setzte ein, das niemand außer dem blinden Organisten dort oben mehr besagte, als daß es sehr schön war; eine mathematische und reine Welt erstand, von Pfeifen und Blasebälgen in Klangwellen umgesetzt; das Vorspiel übertönte selbst den gedämpften Lärm der Busse und Taxis von Rom, den man jedoch aus Gewöhnung ohnehin nicht gehört hätte. In einer Seitenkapelle fand eine Andacht statt, unter der zerstreuten Anteilnahme eines Fremden, der wegen eines berühmten Freskos von Caravaggio gekommen war, und in Anwesenheit einiger Frauen, darunter einer jungen Dame im Reisekostüm, in der Giulio Lovisi, wäre sie ihm der geringsten Beachtung wert gewesen, seine rührende Engländerin erkannt hätte. Ein Dutzend Gläubige, die gegenüber dem Stakkato des Priesters ständig im Verzug waren, wiederholten im Chor die Anrufungen der Litanei, wobei die Art Kniebeugen, die sie mit der Stimme machten, sie so sehr in Anspruch nahmen, daß sie unmöglich auch noch den Sinn ihres Gemurmels erfassen konnten. Nur in den Andächtigen, die nicht beteten, sondern nur zuhörten, konnte von Zeit zu Zeit eine Wortverbindung, eines dieser ungewöhnlichen Epitheta, wie man sie nur in der Kirche hört, etwas zum Erklingen bringen, einen Gedanken bestätigen, eine Schwingung aus der Vergangenheit weiterführen oder wieder aufleben lassen.

»Du goldenes Haus...«

Rosalia di Credo dachte unwillkürlich an ein Haus auf Sizilien.

»Du Königin der Märtyrer...«

Eine junge Frau, die hereingekommen war, um vor einem Gewitterregen Schutz zu suchen, zog ihren Schal über dem Nacken hoch, strich ihn glatt und kreuzte seine Enden über der Brust. Unter dem schwarzen Stoff verbarg sie den gefährlichen, in braunes Papier eingewickelten Gegenstand, der heute nacht vielleicht das Schicksal eines Volkes ändern würde.

›Hoffentlich hat die Feuchtigkeit... Auf alle Fälle‹, dachte sie, ›ist von seiten des Waffenhändlers nichts zu befürchten, er gehört unserer Partei an. Manchmal gelingt es... Öfter, als man denkt, wenn man nur zu allem entschlossen ist und sich kein Hintertürchen offenhält... Wie gut, daß ich mit Alessandro in Reggiomonte schießen gelernt habe... Balkon oder Türe?... In der Menge vor dem Balkon ist es schwieriger, den Arm zu heben. Aber die Türe wird strenger bewacht. Im Grunde ist es besser, eine Alternative zu haben: du triffst an Ort und Stelle deine Entscheidung... Trotzdem, vielleicht wäre die Villa Borghese besser gewesen... Möglichst nah am Reitweg, mit einem Kind... Nein. Nein. Nicht gefackelt... Sicher ist nur, daß ich bald tot sein werde. Was sagen sie? Königin des Himmels... REGINA COELI: dieser Gefängnisname... Werde ich morgen dort... Gib, mein Gott, daß ich sofort sterbe. Gib, daß mein Tod nicht vergeblich ist... Gib, daß meine Hand nicht zittert, gib, daß er stirbt... Wie komisch. Ich habe unwillkürlich gebetet.‹

»Du elfenbeinerner Turm...«

Der alte Maler Clément Roux ließ die geschwollenen Hände eines Herzkranken zwischen den Knien hängen und senkte den Kopf, um besser der Spirale dieser Wörter zu folgen, die sich langsam in ihn grub und schließlich auf den Widerstand einer Erinnerung traf. Golden, glatt und nackt... Dieses kleine Mädchen am Strand, eines Abends, konnte das schon zwanzig Jahre zurückliegen? Du elfenbeinerner Turm... Gibt es auf der Welt einen Ausdruck, der präziser die Architektur eines jungen Körpers heraufbeschwört?

»Du geheimnisvolle Rose... Du vortreffliches Gefäß...«

Giulio bemerkt soeben, daß er vergessen hat, beim

Apotheker auf dem Corso das Medikament für Mimi zu besorgen. Er hört nicht zu. Aber das »vortreffliche Gefäß« ist für ihn ohnehin nur ein sakraler Ausdruck, der in keiner Beziehung zu seinen kostspieligen Flakons mit den reißerischen Namen steht, und Giulio gehört einer Zeit an, in der das Rosenwasser längst synthetischen Parfums hat weichen müssen.

»Du Heil der Kranken...«

Das stimmt: sie heilt manchmal die Menschen. In Lourdes vor allem. Doch Lourdes ist weit, und die Fahrt dorthin ist teuer. Mimi wurde nicht geheilt, obwohl sie alle viel gebetet hatten. Aber vielleicht doch nicht genug.

»Du Trösterin der Betrübten... Du Königin der Jungfrauen...«

Miss Jones, die nach Santa Maria Minore zurückgekehrt ist, um vor ihrer Abfahrt ein wenig Musik zu hören, senkt den Kopf: sie hat Giulio Lovisi erkannt und möchte lieber nicht von ihm gesehen werden. Sie schaudert bei der Erinnerung an die vulgäre Szene, die ihr die Frau dieses etwas gewöhnlichen, aber achtbaren Geschäftsmanns gemacht hat, bei dem sie gegen eine übrigens minimale Bezahlung (denn sie besaß keine Arbeitserlaubnis) ein paar Tage aushelfen wollte, bis der Notar ihre kleine Rente überweisen würde. Diese Italienreise ist ein Wahnsinn gewesen: es war falsch, daß sie die Au-Pair-Stelle bei einer begeisterten Landsmännin angenommen hat, die sich vergebens bemühte, in einer malerischen Ecke Siziliens eine Pension für britische Touristen aufzumachen. Und sie hätte sich nicht kündigen lassen dürfen, ohne zumindest die Rückerstattung ihrer Auslagen zu verlangen. Die paar Pfund, die sie soeben aus England erhalten hat, reichen gerade für die Heimreise. Trotzdem hat sie sich heute ein paar Vergnügungen zugestanden: sie hat in einem englischen Tea-Room an der Piazza di Spagna zu Mittag gegessen; sie hat eine Führung im Petersdom mitgemacht; sie hat für ihre Freundin Gladys, die Irin ist, eine geweihte Medaille gekauft; sie wird am Abend bis zur Abfahrt des Zugs ins Kino gehen. Mechanisch faltet sie die Hände, ahmt verlegen und fasziniert zugleich diese Riten einer anderen Religion nach. Sie ruft im Geist den Herrn an und bittet ihn, dafür zu sorgen, daß sie nach ihrer Rückkehr wieder ihre Sekretärinnenstelle in London bekommen möge. Beten tut immer gut, ganz gleich, wo man ist.

ORAPRONOBIS... ORAPRONOBIS... ORAPRONOBIS...

Die drei aneinandergeschweißten lateinischen Wörter gehörten keiner Sprache mehr an, wurden von keiner Grammatik mehr regiert. Sie waren nur noch eine Beschwörungsformel, die man mit geschlossenen Lippen murmelte, eine Klage, ein verschwommener Appell an einen vagen Jemand. ›Das Opium der Schwachen‹, denkt Marcella verächtlich. ›Carlo hat recht. Man hat sie gelehrt, daß alle Macht von oben komme. Niemand von diesen Leuten hier wäre fähig, nein zu sagen.‹

›Wie schön‹, denkt Miss Jones, deren Augen sich mit zugleich sentimentalen und lauteren Tränen füllen. ›Wie schade, daß ich nicht katholisch bin.‹

Sie hatten nicht genug gebetet... Giulio Lovisi wählte, über die beschrifteten Fächer gebeugt, fünf Kerzen, nicht zu dünne, denn das hätte auf Geiz schließen lassen, nicht zu dicke, denn das wäre Großtuerei gewesen. Fünf Kerzen unter dem gerührten Auge Rosalia di Credos, die ihm milde vorwarf, die Madonna zu verwöhnen. Eine für Mimi; eine für Vanna; eine für Carlo; vor allem eine, um den Himmel zu bitten, Giuseppa möge ihm das Leben weniger schwermachen. Und (ohne sie mit der Familie völlig auf eine Stufe zu stellen), auch eine für die sympathische Miss Jones.

Für Giulio, der in einer Welt einfacher Begriffe lebte, war eine Kirchenkerze nur eine etwas feinere und edlere Haushaltskerze, die man tunlichst der Heiligen Jungfrau spendet, wenn man um eine Gnade bitten will; etwas, das vor dem Altar auf einem Eisendorn brennt und tropft, und das der Küster nicht auszulöschen vergißt, ehe er schließt. Doch der Gegenstand aus Wachs oder Wachsimitation besaß trotzdem ein geheimnisvolles Leben. Vor Giulio hatten sich bereits viele Menschen die Arbeit der Bienen angeeignet und ihren Göttern dargeboten; Jahrhundert um Jahrhundert hatten sie ihre Heiligenbilder mit einer Ehrengarde aus kleinen Flammen versehen, als unterstellten sie den Göttern ihre eigene instinktive Furcht vor der Nacht. Giulios Ahnen wünschten sich Ruhe, Gesundheit, Geld oder Liebe: diese Namenlosen stifteten der Heiligen Maria Kerzen, so, wie ihre noch tiefer unter dem Wust der Zeitalter begrabenen Vorfahren dem großen warmen Mund der Venus Honigkuchen reichten. Die Kerzenflämmchen waren unendlich schneller erloschen als die kurzen menschlichen Leben: manche Wünsche waren abgelehnt, andere dagegen erhört worden, denn das Unglück will es, daß Wünsche zuweilen in Erfüllung gehen, damit die Qual der Hoffnung fortdauere. Und schließlich hatten diese Leute, ohne darum gebetet zu haben, die einzige von vornherein gewährte Gnade erhalten, das düstere Geschenk, das alle anderen Geschenke auslöscht. Doch Giulio Lovisi dachte kaum an so viele Tote. Er kniete nieder, legte die dicken Hände ineinander, ohne sie eigentlich zum Gebet zu falten, und überließ sich vage der Glückseligkeit, seinen Zug verpaßt zu haben. Der Empfang, den Giuseppa ihm bereiten würde, konnte schlimmer nicht sein, selbst wenn er eine Stunde später nach Hause käme. Und als flüchte er sich in einen Winkel seiner Kindheit, brabbelte der alte Mann ein Ave Maria, auf daß alles sich zum Besseren wende.

Er wußte (oder hätte wissen müssen), daß nichts sich zum Besseren wenden konnte, daß die Dinge unmerklich aber sicher dem Abgrund zutrieben; daß die Gefühle, die Situationen, die sein Leben ausmachten, sich von Tag zu Tag verschlechtern würden, wie Gegenstände, die zu lange in Gebrauch gewesen sind. Giuseppas Laune würde mit zunehmendem Alter und fortschreitendem Rheumatismus schlimmer werden: selbst der Madonna würde es nicht gelingen, die Natur einer sechzigjährigen Frau zu ändern. Vanna würde weiterhin ihr einsames Leben führen, für das sie nicht geschaffen war und das sie den Versuchungen der Verzweiflung aussetzte. Vielleicht würde sie sich einen Liebhaber nehmen; dann würde sie nur noch mehr leiden als bisher, denn zu ihrem Unglück käme auch noch die Scham. Wie bei vielen Leuten paßte bei Giovanna der Körper nicht zur Seele: man hätte den einen oder die andere austauschen müssen, um ihrem Leiden ein Ende zu machen. Selbst wenn sie dem Carlo treu bliebe, den sie geliebt hatte, würde der Mann, der zu ihr zurückkäme (vorausgesetzt, er kam zurück), weniger denn je dem

Carlo Stevo ihrer Liebe gleichen. Tief im Grunde seiner selbst wußte Giulio auch, daß die verletzte und enttäuschte Vanna ganz und gar nicht mehr das schöne romantische Mädchen war, das der berühmte Mann geliebt hatte. Es war, ehrlich gesagt, eigentlich unvernünftig, die Rückkehr dieses unvorsichtigen Mannes zu wünschen, den sein Elend und sein Groll zutiefst verbittert hatten und der bis ans Ende seiner Tage den Behörden verdächtig bleiben würde. Und Mimi glich (auch wenn man es sich nicht eingestehen durfte) kaum mehr der Kranken, die er immer gern als lächelnden Engel auf ihrem weißen Kopfkissen beschrieb. Selbst wenn die Kleine gesund werden sollte, würde sie zu zart für die Ehe bleiben: Giulio beklagte sie dessentwegen, als sei ihm selber ein grenzenloses Glück beschieden gewesen und als habe seine Vanna nicht ihr gerüttelt Maß an Heimsuchungen zu tragen.

Und er würde Miss Jones nicht wiedersehen; sie würde in ihr regnerisches Land zurückkehren und von ihm das Bild eines gutmütigen Mannes mit sich nehmen, der nicht die Kraft hatte, die cholerische Giuseppa zum Schweigen zu bringen. Damit die junge Engländerin wieder zu ihm in den kleinen Laden am Corso käme und er mit ihr tun könnte, wovon er kaum zu träumen wagte, hätte er reich sein müssen, frei sein müssen, kühn sein müssen, und sie arm genug, um sich lieben zu lassen. Um sich als freien Mann zu sehen, mußte er in Gedanken so viele Verbrechen begehen wie ein berüchtigter Mörder. Ohne seine Geldsorgen, ohne Familienstreitigkeiten und ohne die Schwäche, die ihn dazu brachte, dies alles hinzunehmen, wäre Giulio Lovisi ein anderer Mensch gewesen; diese Verwandlung hätte einen totaleren Tod bedeutet als das leibliche Ableben. Denn sein Ende oder das seiner Frau, das in diesem Augenblick, ohne daß er es wußte, vielleicht von tausend kleinen physiologischen Geschehnissen in die Wege geleitet wurde, würde sich in das Gewebe banaler Miseren einfügen, aus denen ihrer beider Leben bestand: er sah förmlich, wie Giuseppa, sollte er vor ihr sterben, die Nachbarn in Kenntnis setzte, und wie viele Leute sich zum Campo Santo bemühten. Langsam wurde er zu allem unfähig, was nicht diese verhaßte aber bequeme Routine war, die ihn wenigstens jeder Anstrengung enthob. Selbst das Glück, wenn es denn möglich gewesen wäre, hätte nichts an der Dürftigkeit seines Schicksals geändert, denn diese Dürftigkeit entsprang seiner Seele. Bei einiger Klarsicht hätte Giulio Lovisi zugeben müssen, daß Beten zu nichts führte. Und doch waren die dünnen Wachskerzen, die vor ihm unter dem starren Blick einer Madonna niederbrannten, nicht nutzlos: sie dienten ihm dazu, die Fiktion einer Hoffnung aufrechtzuerhalten.

Von Rosalia di Credos Nachbarinnen hätte man die übereinstimmende Auskunft bekommen, daß diese alte Jungfer häßlich sei, geizig, daß sie ihre gelähmte Mutter hingebungsvoll gepflegt habe, ihren alten Vater jedoch ohne ein Wort ins Altersheim habe ziehen lassen und daß sie mit ihrer Schwester Angiola zerstritten sei, seitdem diese sich einen Ehemann geangelt hatte; schließlich, daß sie in der und der Straße, Nummer soundsoviel, in dem und dem Haus in Rom wohne. Alle diese Behauptungen waren falsch: Rosalia di Credo war schön, von jener mageren Schönheit, die um so deutlicher zutage tritt, je weniger Fleisch sie verdeckt. Die Müdigkeit, und nicht das Alter, hatte ihre Züge jener langsamen Verwitterung unterworfen, die selbst den Kirchenstatuen schließlich ein menschliches Aussehen verleiht; sie war geizig wie alle, die gerade genügend Geld für eine einzige Ausgabe und genügend Flamme für eine einzige Liebe haben. Sie verabscheute nicht ihre Schwester, sondern den Ehemann, der ihr die Schwester genommen hatte. Ihr Vater, und nicht ihre Mutter, war die große Leidenschaft ihrer Kindheit gewesen; und sie bewohnte Gemara.

Viele Leute hätten geglaubt, Gemara damit beschreiben zu können, daß sie es ein altes sizilianisches Haus nannten. Dabei hätten sie durch eine Definition, die zu einfach war, um nicht falsch zu sein, das vertuscht, was jede menschliche Behausung an unendlich Besonderem aufweist, vor allem, wenn ihre jeweiligen Besitzer durch Hinzufügungen oder Wegnahmen allmählich einen Rebus aus Stein daraus gemacht haben. Der Hof, den ein Ruggero di Credo vor etlichen zehn Jahrhunderten zu Lehen bekommen hatte, war gewiß nicht von der Zeit verschont geblieben, von dieser äußerlichen Zeit, die nichts vom Menschen weiß und die sich zeigt in der Abfolge der Jahreszeiten; im Absturz eines Blocks, der seit langem überhing und den gerade die Dauer seines labilen Gleichgewichts zu Boden stürzen läßt; in der langen konzentrischen Verdickung der Korkeichen, deren von der Axt gefällte Stämme einen Querschnitt durch diese pflanzliche Zeit bieten, die sich am Fluß der Säfte mißt. Die Zeit war mit diesen Mauern und Balken umgegangen wie mit Felsen und Zweigen; den naiv offenkundigen Bedeutungen des Menschenwerks hatte sie ihre zerstörerischen Kommentare hinzugefügt. Zu sagen jedoch, die Einwirkung der Zeit habe Gemara verwüstet, hieße vergessen, daß die Zeit, wie Janus, ein Gott mit zwei Gesichtern ist. Die menschliche Zeit, die Zeit, die in Generationen gemessen wird und die hier und dort der Niedergang von Familien und der Fall von Regimen markiert, war nur verantwortlich für die planlosen Änderungen und unausgeführten Vorhaben, aus denen das besteht, was man, aus der Ferne betrachtet, die Stabilität der Vergangenheit nennt. Die in den Kartularen erwähnten wildreichen Wälder waren schnell der menschlichen Leidenschaft für das Töten von Tieren und Fällen von Bäumen zum Opfer gefallen, und die Reste eines Jagdschlößchens aus der Zeit der Hohenstaufen sind zu lächerlichen Attrappen geworden; barocke Muschelgrotten zerfielen in den Weingärten; die Maffia, die Bauernunruhen und vor allem die Fahrlässigkeit hatten die Erde verkümmern und die Quellen versiegen lassen. Doppelsäulen verschwanden unter dem Gips dörflicher Baulust; eine Freitreppe führte nirgendwohin; die Uniformmütze eines Onkels, der bei der Belagerung von Gaeta den Tod gefunden hatte, hing in einem Salon, den niemand betrat; ein algerischer Teppich und Ledersessel hatten allmählich das Aussehen von ehrwürdigen Antiquitäten angenommen. So, wie eine Reihe von Hausherren Gemara nach dem Muster ihrer Bedürfnisse oder ihrer Marotten, ihres Größenwahns oder ihres bäuerlichen Geizes umgemodelt hatten, so hatte dieses baufällige Haus den letzten Sohn der Familie, diesen Ruggero di Credo, der nur ein Erbe war, nach seinem Bild geformt.

Ruggeros Pächter, mochten sie ihn auch seit seiner Geburt kennen, seine Töchter, seine Frau, die ihn doch geliebt hatte, als er noch jung war, sie alle konnten ihn sich nur als alten Mann vorstellen: das Alter schien der natürliche Zustand dieses Mannes zu sein, der nur als Endprodukt einer Vergangenheit zählte. Mit sechzehn Jahren mußte Don Ruggero einem sizilianischen Epheben aus den Oden Pindars geglichen haben; mit dreißig hatte sein mageres Gesicht den Ausdruck von Kälte und Glut angenommen, den die Christusgesichter der Mosaiken von La Martorana aufweisen; seit Überschreitung des sechzigsten Lebensjahres hatte er das Aussehen eines muselmanischen Hexenmeisters im mittelalterlichen Sizilien, als sei er selber nur noch ein gesprungener Spiegel, in dem sich vage die Gespenster der Rasse reflektieren. Ein Wahrsager hätte ihm aus der Hand nicht die Zukunft gelesen, denn Don Ruggero hatte keine Zukunft; und er hätte wohl auch nicht seine Vergangenheit gelesen, sondern die Vergangenheit von etlichen zwanzig Menschen, die sich hinter

Don Ruggero im Tode staffelten. Don Ruggeros persönliches Leben war so nichtig wie möglich gewesen, doch gerade dieses Nichts schien bei ihm eine gewollte Form von Unbeweglichkeit zu sein. Er war Konsul in Biskra gewesen; er hatte sich seine Karriere verbaut, indem er in fortgeschrittenem Alter eine algerische Jüdin von zweifelhaftem Ruf und hoffnungsloser Vulgarität heiratete, doch dieser Fehlgriff war für ihn das gewesen, was für den Mystiker das Unglück ist, das ihn wieder zu Gott führt. Die Versetzung in den Ruhestand hatte ihn auch aus dem Jahrhundert versetzt, zurück nach Gemara. Damit begannen für diesen Narren zwanzig Jahre, so wunderbar und leer wie ein Sommertag.

Wenn Rosalia di Credo an ihren Vater dachte, sah sie ihn mit einem Napf zwischen den Knien auf einem Steinhaufen sitzen und nach der Art seiner Bauernknechte die Suppe schlürfen. Nicht, daß Don Ruggero sich große Mühe gegeben hätte, seinen Besitz zu mehren: er hatte Besseres zu tun: er entdeckte Schätze oder würde zumindest welche entdecken. Der Wassermangel hatte aus ihm einen Wünschelrutengänger gemacht; jahrelang war er über seine Felder spaziert, mit seiner Eschengerte, die ihn wie ein geheimnisvolles Organ mit der Erde verband. Nach der Quellensuche war dann die Schatzsuche gekommen; seine Vorfahren hatten sicher in den Tiefen des Bodens genügend Gold verborgen, um Don Ruggero für den schlechten Absatz der Zitrusfrüchte und die geringen Erträge der Staatsanleihen zu entschädigen. Und seit seiner Begegnung mit einem Archäologen träumte er von Statuen, was für ihn eine neue Art war, von Frauen zu träumen. Er kümmerte sich kaum um seine eigene, die sich, auf Kissen hingelagert, mit Essen vollstopfte; aber die bloßfüßigen sonnengebräunten Dorfmädchen in ihren verwaschenen Bauernkitteln wagten sich manchmal unter den Zweigen bis zu diesem Mann vor, der etwas von einem Geisterbeschwörer und einem Satyr an sich hatte, und Don Ruggero wandte sich ab von den Göttinnen aus kaltem Marmor und hin zu diesen Statuen aus warmem Fleisch. Mochten seine nicht beschnittenen und nicht gepfropften Bäume darunter leiden, daß sie keine Früchte gaben, und die Ochsen, daß sie nicht zur Feldbestellung dienten, so, wie die Bäume und die Tiere leiden, wenn sie in ihrer Arbeit für den Menschen behindert werden; mochte selbst das vergängliche Gemara zusammenstürzen: er trug in sich diese trockenen Äcker, die der Wind pausenlos bestäubte, diese vergrabenen Schätze, diese leeren Brunnenbecken, in die man hätte gleiten können.

Alle möglichen Gedankenwracks trieben in seinem Gehirn wie auf schwarzem Wasser: er blieb dem Andenken des Hauses Bourbon-Sizilien treu und verachtete die Savoyer; der Marsch auf Rom beeindruckte ihn nicht, da er zu den Ereignissen gehörte, die im Norden passieren; er wetterte gegen das Geld und die Geschäftsleute, sann aber darauf, seinen wünschelrutengläubigen Nachbarn einige Münzen zu entlocken oder durch lange Verkaufsverweigerung den Preis für ein Grundstück in die Höhe zu treiben, das sonst niemand gewollt hätte. Dieser Mann, der sich kaum wusch, war von exquisiter, fast lächerlich antiquierter Höflichkeit, die Finanzbeamte und Gläubiger besänftigte; dieser Habenichts war seinen Töchtern gegenüber von fürstlicher Großzügigkeit; dieser Ehemann, den Donna Rachele ausgiebig betrogen hatte, solange ein Rest von Jugend und Schönheit ihr dazu Gelegenheit gab, hütete die beiden Mädchen mit einer Strenge, die weniger dem traditionellen Moralbegriff entsprang als einer an Inzest grenzenden Eifersucht. Jedes Gespräch mit Männern, und sei es der Pfarrer oder der Krüppel, der auf dem Dorfplatz Schuhbänder verhökerte, war verboten, aber Don Ruggero fand es in seiner Eitelkeit richtig, daß Angiola sich von den Fremden fotografieren ließ, die eine weiter unten im Land liegende Theaterruine besuchten, die einzige und ohne Stern in den Sizilienführern erwähnte lokale Sehenswürdigkeit.

Er hatte es sich nicht leisten können, seine Töchter standesgemäß in einem Kloster in Palermo erziehen zu lassen. Ihre Schule, das waren die rauhen Lieder der Mutter gewesen, Tingeltangel-Couplets, die im Mund der jungen Mädchen die Schönheit von Kantilenen annahmen, Moritaten, und die eines Abends aus der Schublade einer Dienerin gestohlenen Schriften über Sexualhygiene, Bruchstücke griechischer Verse, die Don Ruggero, ohne selber noch zu wissen, was sie besagten, ihnen beigebracht hatte. Da jedoch dies alles nicht genügte, um ein Gedächtnis zu füllen, blieb noch Platz für andere Erinnerungen, aus denen die Kindheit besteht: für die Salven des Dorffestes und die fast rituelle Herstellung des Anisbrots, für den Geschmack der frischen Feigen, für den Geruch der Orangen, die im Garten unter einem Flechtwerk von Palmen verfaulten, für ein Gehölz von Haselsträuchern, in dem Angiola barfuß herumstrich, nachdem sie an einen Zweig die dicken Wollstrümpfe gehängt hatte, die Don Ruggeros Sinn für Schicklichkeit den beiden Mädchen aufnötigte, für den Tod eines Käuzchens und für die ersten Aufwallungen des Herzens. Das Haus war eine Welt für sich, mit eigenen Gesetzen und sogar mit eigenem Klima, denn es schien Rosalia, daß sie dort nur strahlende Tage erlebt habe. Die vorzeitige Rückkehr eines Zugvogels galt als ein Wunder, aber man fand es selbstverständlich, daß die heilige Lucia Blinde sehend machte und Salome sich in der Johannisnacht splitternackt am Himmel zeigte.

An warmen Abenden aß man auf der Terrasse unter einer Laube am Fuß des Hauses, das die herabsinkende Nacht verschönte und reparierte. Die Dörflerin, die bei Tisch bediente, ging und nahm die Reste des Mahles mit; Don Ruggeros unerschöpfliche Stimme ersetzte den Springbrunnen, auf den man sich immer noch etwas zugute tat, wenn man ihn auch seit Jahren nicht mehr im Garten hatte plätschern hören. Ruggero sprach von Genealogie mit der Autorität und der Magie eines Mannes, der mehr darüber sagen könnte, wenn er nur wollte; er wurde beredt, wenn es um Gemara ging. Die Aufstellungen der gegenwärtigen und vergangenen Familienbesitztümer gerieten auf seinen Lippen so sehr durcheinander, daß die Zeit umkehrbar geworden zu sein schien; die Kinder wußten nicht mehr, ob es sich um heute, um morgen, um gestern handelte. Sie waren reich, glücklich, mit Fürsten verheiratet; der König besuchte höchstselbst die Ausgrabungen, die Don Ruggero im Olivenhain beginnen würde, sobald die Bäume abgeholzt sein würden; das restaurierte Gemara fand seinen einstigen Glanz wieder, den es im übrigen nie verloren hatte, da ihn der hartnäckige alte Mann in seinen Träumen immer bewahrt hatte. Donna Rachele, die auf ihrem Stuhl eingeschlummert war, erklärte ihren ehemaligen Gefährtinnen des Hauses in

Biskra zum tausendsten Mal, daß sie einen Adeligen geheiratet habe, einen echten Adeligen, der mit Orden ausgezeichnet war und Güter auf Sizilien besaß. Auf die Balustrade gestützt, betrachtete Angiola verträumt die Sterne, deren Namen sie nicht kannte, sah mitten in der Leere einen wunderbaren Hochzeitsschleier schweben, ohne jeden Zusammenhang mit ihren Zukunftsplänen oder auch nur mit den verworrenen Gefühlen ihrer beginnenden Mannbarkeit. Don Ruggeros schlechte Zigarre erlosch; auf dem Weg hinauf in sein Schlafzimmer blieb der Alte im Vestibül stehen, um wieder einmal die Funde zu betrachten, die er bis jetzt auf seinem Besitz gemacht hatte: Topfscherben, ein paar zerfressene Münzen, eine kleine »Venus mit den Tauben«, deren Tongesicht stellenweise abblätterte, die unfachmännisch zusammengeklebten Bruchstücke einer Vase. Er strich mit einer Geste edlen Respekts über diese für ihn wertvollen Gegenstände und belegte den Direktor der Antikensammlung, der seine Ausgrabungen nicht hatte subventionieren wollen, mit unflätigen und derb-komischen, aus dem reichen Schatz des Dialekts geschöpften Schimpfwörtern.

Dieser schwankenden Existenz versetzte ein Dorfkrawall den Todesstoß. Die beste Stute eines schwerreichen Nachbarn, den Don Ruggero vergebens um einige tausend Lire angepumpt hatte, war auf einem Grundstück der Credo tot umgefallen. Und damit nicht genug des Unglücks: die Frau dieses Bauern starb an einer Lungenentzündung, und ein paar Tage davor war sein Futtervorrat in Flammen aufgegangen. Von Don Ruggero hieß es in der Gegend, er sei mit dem bösen Blick behaftet; ihm diese Unglücksfälle zur Last zu legen, war ebenso natürlich, wie einem Heiligen für Wohltaten zu danken, die der Himmel sandte. Man erinnerte sich an alte Geschichten von merkwürdigen Mißgeschicken und von Todesfällen, die etwas zu plötzlich eingetreten waren, um nicht verdächtig zu sein; jeder suchte auf dem Grund seines Gedächtnisses nach einem Vorwurf, ungefähr so, wie man eine alte Truhe durchwühlt, um darin einen Dolch zu finden. Ehemänner, die früher einmal Anlaß hatten, an der Tugend ihrer Frauen zu zweifeln, Pächter, die Don Ruggero zu einer Zeit verjagt hatte, als er noch welche besaß, sie alle taten sich mit dem Verhexten zusammen. Selbst die Kirche setzte sich in Gestalt des dickwanstigen Dorfgeistlichen an die Spitze des Zuges von keifenden Weibern und kreischenden Kindern, die sich an dem staubigen Sommerabend zum Sturm auf Gemara anschickten.

»Schwein! Schuft! Hund! Verfluchter Teufel!«

Ihre Schreie eilten ihnen voraus, und so konnten der Alte und Rosalia die einzige Tür verbarrikadieren, die nicht bereits das ganze Jahr über verriegelt war. Die soliden Fenstergitter hielten dem Ansturm stand, schützten aber nicht immer gegen Kugeln und Steine. Don Ruggero stieß seine Töchter in einen toten Winkel und zielte durch den Spalt eines leicht geöffneten Ladens. Er behauptete sein Leben lang, nur in die Luft geschossen zu haben, aber die Kugel traf dennoch den Pfarrer, der zu Boden stürzte. Nun setzte eine Belagerung ein, die die ganze Nacht dauerte. Während Donna Rachele mit der Gelenkigkeit einer ehemaligen Tänzerin durch eine stillgelegte Zisterne ausriß, um in der nächsten Ortschaft Verstärkung zu holen, antworteten die beiden eng umschlungenen Kinder mit

Geheul auf das Kläffen der Meute. Rosalia, die Furchtlosere der beiden, spürte, wie der Körper ihrer jungen Schwester zitterte. Und doch schrien sie nicht aus Angst, sondern vor Erregung. Es war eine jener Nächte, in denen alles möglich scheint: es war leicht, zu töten, leicht, zu sterben, leicht, von einer Hand zur anderen zu gehen wie eine Beute oder ein Becher. Das einzig Unmögliche und vielleicht das einzige Unglück wäre gewesen, daß nichts passierte.

»Der Schlag soll dich treffen«, geiferten die alten Weiber.

»Tötet den Verfluchten! Stecht den Teufel ab!« röchelte der Pfarrer, der seine letzte Stunde gekommen glaubte.

Doch beim Anblick der blutigen Soutane verloren seine Schäflein den Mut. Die Angst lenkte die Steine aus der Richtung. Die Vorsichtigsten machten sich allmählich klar, daß ein in seinem Haus verbarrikadierter Hexenmeister mit einem guten Gewehr ein Mann ist, den man besser nicht angreift. Die Anfeuerungsrufe des Verwundeten hätten nicht genügt, um die Bauern bei der Stange zu halten, wäre da nicht zum einen die Legende von den Krügen voller Goldstücke gewesen, die Don Ruggero, wie es hieß, in seinen Kellern verbarg, und zum anderen das geheime Verlangen nach den beiden Mädchen, die ihr Rang und die Vorsichtsmaßnahmen des Alten vor der Begehrlichkeit der Dörfler schützten, diesen schönen, vertrauten, aufreizenden Mädchen, die man dauernd am Brunnen, im Laden, in der Kirche sah und von denen zumindest eine bereits die Männer allein damit zu erregen verstand, daß sie sich mit der Zunge über die Lippen fuhr oder plötzlich die Augen niederschlug.

Schließlich gab ein Fensterladen nach; ein Glassplitter traf Rosalia mitten im Gesicht; das Blut, die Scherbe, das fahle Licht der eindringenden Morgendämmerung verkündeten Don Ruggero den Fall seines Traums und das Ende seiner Herrschaft. Zwanzig Jahre Wahn stürzten unter den Rammstößen von Leuten zusammen, die nicht das Phantasiegebäude vor sich sahen, sondern glaubten, gegen ein altes Haus aus Stein anzurennen. Gegen dieses hinfällige Gemara, in dem Angiola erstickt war wie eine Pflanze, die in der Enge einer Mauerhöhle wächst. Die Zukunft stieß nun mit Hammerschlägen an die Tür, brachte ihr dieses Unerwartete, das sie vergeblich erhofft hatte, wenn sie den farblosen Touristen nachsah, die eilig ihrem Bus auf dem Dorfplatz zustrebten und nicht die Zeit hatten, sich ein schönes Mädchen anzusehen. Die Sonne war aufgegangen; es war die Stunde, da die Nacht nur noch in der Länge der Schatten verweilt; aus der Scheune, die man soeben in Brand gesteckt hatte, schoß Rauch auf, der beim Höhersteigen blau wurde, als der Staat in Form eines kleinen Trupps berittener Carabinieri in diese vorgeschichtliche Szene hereinbrach.

Don Ruggero, den der Morgen nicht aus seinen Träumen weckte, weigerte sich, diesen betreßten Fremden aufzumachen; Rosalia wagte nicht, gegen den Willen des Vaters zu handeln; nur Angiola, die das Grauen schüttelte, seit keine Gefahr mehr drohte, fand den Mut, den Carabinieri die Tür zu öffnen; sogleich füllte sich das Vestibül hinter den geschlossenen Fensterläden mit der frischen, den nächtlichen Phantastereien feindlichen Luft und mit einigen Bauern, deren Gebelfer zu Gestöhn geworden war und die den verwundeten Pfarrer auf Don Ruggeros

Bett legten. Der *brigadiere* hörte sich mit gelangweilter Gleichgültigkeit die widersprüchlichen Aussagen an; Don Ruggero, der von der Truppe beschützte Gefangene, machte sich auf den Weg ins Gefängnis, in die Stadt, ins zwanzigste Jahrhundert. Er hatte den Wagen eines mitfühlenden Nachbarn abgelehnt und mußte zu Fuß die einzige Straße des Dorfes entlanggehen, wo die Frauen, deren Wut sich gelegt hatte, diesem alten Liebhaber einen zärtlichen und schrillen Abschied bereiteten. Donna Rachele schlurfte lässig in Pantoffeln dahin; Rosalia hatte sich die Stirn mit einem Taschentuch verbunden; der weiße, an die Schläfe gepreßte Umschlag verlieh ihr das Aussehen einer Nonne. Vor dem Aufbruch hatte sie hastig einige Habseligkeiten in einen Schal ihrer Mutter gewickelt; Angiola hatte sich mit keinerlei Gepäck beschwert. Aber wenn Angiola im Gefolge dieses kleinen Zugs die Miene einer Tragödin aufsetzte, so hatte doch einzig Rosalia die Seele dazu. Dieses linkische Mädchen im schwarzen, an den Armausschnitten abgenutzten Kleid besaß eines jener Herzen, das die Riten einer unbewußten Religion und einer unbekannten Liebe der Familie, dem Elternhaus weihen. Ihr Vater, der entthronte König eines Wahn-Reichs, kaute den Zigarettentabak, den mitleidige Carabinieri ihm geschenkt hatten, und ahnte nicht – und diese Blindheit machte ihn vollends zu einer tragischen Figur –, daß er seine Ismene und seine Antigone hinter sich herschleppte.

An Palermo erinnerte Rosalia sich kaum: haften geblieben waren nur die Mauern des Gefängnisses, wo sie ihren Vater besucht hatte, die schäbige Ausstattung der möblierten

Wohnung, in der die drei Frauen hausten, und der abendliche Park, wo sie sich neben Angiola, die sich manchmal lächelnd nach jemandem umdrehte, als der Schatten dieses strahlend schönen Mädchens fühlte. Dann, nach Wochen oder vielleicht Monaten – denn die Zeit zählte nicht mehr, seit sie von neuen Uhren angezeigt wurde –, kam Don Ruggero zurück und setzte sich neben seine fette Frau, die sich mit kandierten Zitronen vollstopfte. Ein bleicher, hinfälliger, merkwürdig vernünftiger Don Ruggero, der gewillt war, dieses Gemara zu verkaufen, wo er nur Unglück geerntet hatte. Mangels Nachfrage mußte er sich damit begnügen, sein Haus an reiche Fremde zu vermieten. Don Ruggeros Entschluß, sich von einem Besitz zu trennen, auf dem er nicht mehr leben konnte, fand allgemeine Billigung; mehr noch, man hielt ihn für geheilt, seit sein Wahn sich vertieft hatte und unsichtbar geworden war. Wenn Ruggero di Credo sich, wie es schien, von seinem sizilianischen Grund und Boden gelöst hatte, dann, weil seine ganze Hoffnung sich stürmisch auf das mit Blut zementierte Haus konzentrierte, auf seine Familie. Im Gefängnis hatte er sich entfernter Vettern erinnert, Träger eines jener berühmten Namen, den selbst die Unwissendsten kennen, und reich genug, um die Beletage eines der schönsten Paläste Roms zu bewohnen. Obgleich seine Briefe an die Fürsten Trapani unbeantwortet geblieben waren, zählte er doch darauf, daß sie ihm bei der Wiederherstellung des Credoschen Vermögens, von dem Gemara nur ein Beweis aus unnützem Stein war, behilflich sein würden. Rosalia wurde beauftragt, den armseligen Schmuck zu verkaufen, damit die Überfahrt bezahlt werden konnte; sie war es auch, die zusammen mit ihrer Mutter nochmals in das von Gepäckstücken der neuen Mieter überquellende Gemara zurückkehrte, um die restlichen Kleider und Hausgeräte einzupacken; und schließlich kümmerte sie sich um die Abreise.

Donna Rachele erbrach sich während der ganzen Überfahrt; Don Ruggero erzählte den Mitreisenden immer wieder seine Geschichte; Angiola hatte auf Sizilien ihre erste wirkliche Liebe zurückgelassen: um sie zu trösten, küßte Rosalia ihr traurig die blassen Hände. Die leidenschaftliche Zuneigung, die sie für ihre Schwester empfand, erlaubte es ihr, sich zugleich in die Rolle des Liebhabers und der Liebenden zu versetzen; dieses naive Mädchen, das nichts ahnte von den inneren Grenzwällen aus Ermüdung, Betroffenheit und Stolz, die den Menschen selbst auf dem Höhepunkt des Schmerzes vor einem Übermaß an Leiden bewahren, lieh seine ungebrochene Kraft der Verzweiflung einer anderen; wäre Rosalia über sich selber betrübt gewesen, so hätten präzise Erinnerungen und Reuegefühle ihr Unglück begrenzt; da sie für jemand anderen litt, beweinte diese Unschuldige unbewußt alle Leiden der Liebe. Gegen Morgen schlief Angiola ein; der Vater, der noch nichts von den Demütigungen wußte, die ihn in Rom erwarteten, schnarchte bereits in der Nachbarkoje; Rosalia wachte weiterhin für die Ihren, als sei sie ihrer aller Seele. Sie ließ sich jegliche Sorgen aufladen, die das Leben ihnen brachte, und wurde so zu einer Art Mädchen für alles Leid.

Der Verlust ihrer Schwester war für Rosalia weniger schmerzlich als der Abschied von Sizilien, denn sie hatte sich an das Unglück gewöhnt. Und zudem war es, wie bei allen Trennungen, die einem das Herz zerreißen: man hält sie für vorübergehend, solange man sich nicht mit ihnen abgefunden hat. Don Ruggero belästigte seine Vettern mit der Bitte, sie sollten Angiola in einem Internat in Florenz unterbringen, das nur adelige Mädchen aufnahm, wodurch allen der Mund gestopft würde, die in ihm nur einen Bauern sahen, der sich seinen Namen widerrechtlich angeeignet hatte. Rosalia billigte diesen Plan, der ihre jüngere Schwester den Gefahren der Straße, einem senilen Vater, einer weinerlichen Mutter und der Unbequemlichkeit der Wohnung entzog, die Don Ruggero im obersten Stockwerk eines Hauses an der Via Fosca gemietet hatte. Angiola war sechzehn; mit ihrer Unschuld, ihren glatten Haaren und den gesenkten Augen in dem ungepuderten Gesicht schien sie am Morgen ihrer Abreise wieder in die Kindheit zurückzuweichen; Rosalia begriff, daß ihre Schwester die echte Angiola beiseite gelegt hatte, so, wie man im Herbst ein helles Kleid in den Schrank tut, um es im Frühjahr wieder hervorzuholen. Sie brachte ein kleines, marineblau gekleidetes Mädchen zum Bahnhof, das nur Fremde für Angiola halten würden.

Drei Jahre lang tröstete Rosalia sich mit jedem neuen Unglück über die Abwesenheit ihrer Schwester hinweg; der Vater sprach davon, das Geheimnis der Wünschelrute teuer zu verkaufen, um so seine Rückreise nach Sizilien zu finanzieren; Rosalias Leben schwankte zwischen der Hoffnung auf eine Heimkehr und der Erwartung eines Aufbruchs. Angiola kam aus dem Kloster zurück, ausgestattet mit neuen Reizen und einem Akzent, der die südländisch gebliebene Aussprache ihrer älteren Schwester blamabel erscheinen ließ. Rosalia hatte keine Mühe, sie als Gesellschafterin bei der Principessa unterzubringen, die

Don Ruggero hartnäckig und feierlich *ma chère cousine* nannte, wenn er auch im engeren Kreis über ihren Geiz spottete, ihre Affektiertheit und vor allem über ihren Titel, um den er sie beneidete, dessen Alter er aber bestritt. Die Principessa di Trapani hatte einen Sohn; Rosalia träumte von einer Heirat, die ihnen allen Gemara wieder zurückgeben würde. Glücklicherweise war Don Ruggero nicht zu Hause, als die alte Dame, auf den Arm ihres Chauffeurs gestützt, die drei Etagen hinaufstieg, nur um zu ihrem Vergnügen eine Szene zu machen: Angiola sei verschwunden, ohne ein Wort zu sagen, mit einem im voraus bezahlten Monatslohn in der Manteltasche, und wahrscheinlich nicht allein. Weder die Principessa, die im übrigen nichts davon wissen wollte, noch Rosalia, der Angiola später nichts verriet, erfuhren jemals die wahren Begleitumstände dieses Verschwindens. Rosalia verbarg dieses neue Mißgeschick vor ihrem Vater. Sie ließ Anzeigen in die wichtigsten römischen Zeitungen setzen; als sie keine Antwort bekam, glaubte sie an einen Selbstmord, dann an ein Wiederauftauchen des mittelmäßigen Verehrers, den Angiola einst in Palermo erhört hatte; denn dieses treue Herz glaubte an die Treue.

Um diese Zeit nahm die immer schwarz gekleidete Rosalia di Credo das Aussehen einer Trauernden an, mit dem dieses Gespenst später den Nachbarn in Erinnerung bleiben sollte. Sie half ihrer Vermieterin, die mit Devotionalien handelte: ihr Gesicht zeigte im kalten Halbdunkel der Kirche bald die ranzigen Tönungen des Wachses, das doch einmal mit dem Honig verwandt war. Ihre Mutter starb und erwarb dabei durch den Besuch des Arztes und die Verabreichung der Letzten Ölung in ihrem Stadtviertel mehr Bedeutung, als sie je während der letzten vier nicht endenwollenden Jahre genossen hatte; Don Ruggero verlor regelmäßig im Lotto die kleinen Summen, die ihm seine Gönner zukommen ließen: schließlich entzogen diese Leute ihm jede Unterstützung; man fand ihn vor ihrer Tür postiert, wo er unaufhörlich und mit läppischer Präzision dasselbe Wort und dieselbe obszöne Geste wiederholte, mit denen er seiner Verachtung Luft machte. Der Fürst Trapani ließ ihn in eine Anstalt bringen. Rosalia blieb allein in der leeren Wohnung, die sie behielt, weil Angiola die Adresse kannte. Als Rosalia sich schließlich an den Gedanken zu gewöhnen begann, daß ihre Schwester tot sei, kam Angiola zurück – an einem Julitag, der Rosalia in der Folge als Bezugspunkt diente, wenn von einem schönen Sommer die Rede war.

Sie stellte keine Fragen, denn Angiolas Gesicht verriet ihr alles. Alles, das heißt, das einzig Wichtige: Angiola hatte gelitten. Rosalia verzieh die Sünden, die sie nicht kannte; sie machte Angiola nur zum Vorwurf, daß sie ihr die Mitwisserschaft verweigert hatte. Die schönen umschatteten Augen der reuigen Schwester bewirkten, daß Rosalia darüber das muntere Zicklein vergaß, das in den Gärten Siziliens herumgetollt war, wie auch das schüchterne Schulmädchen, das auf einem römischen Bahnsteig geweint hatte: so wurde diese neue Schwester ihre letzte Liebe. Die Zeit ihres Zusammenlebens war wie eine Atempause zwischen zwei Perioden der Niedergeschlagenheit, eines jener fast unbeschwerten Intermezzi, die in der Erinnerung immer schöner werden, bis sie fast dem Glück gleichen, und die einen im Augenblick des Todes daran hindern zu verzweifeln. Diese Zärtlichkeit, die Rosalia für rein hielt und von der sie nicht wußte, daß sie etwas anderes hätte sein können, veranlaßte sie zu ebensovielen Zugeständnissen wie eine physische Bindung. Sie knauserte am Haushaltsgeld, um ihre Schwester einzukleiden; sie schneiderte häßliche Gewänder, die Angiola sich zu tragen herabließ, wobei sie dieser Herablassung den Anstrich von Güte gab. Schließlich erfuhr Rosalia, daß Angiola zur Auskurierung einer Krankheit einige Zeit in einem Dorf bei Florenz Zuflucht gesucht hatte; aus Geldmangel hatte sie die Hilfe eines jungen Provinznotars angenommen, dem sie einst bei ihrer Gönnerin begegnet war und der, wie eine ironische Vorsehung es oft will, die Seele eines Don Quijote im Körper eines Sancho Pansa barg. Angiola, der dieser dicke zartbesaitete Hanswurst Spaß machte, wies seine Heiratsanträge nicht zurück: er besuchte sie, sooft seine Geschäfte ihn nach Rom führten; er brachte ihr Blumen und Bonbons, überflüssige Dinge, ohne die sie nun nicht mehr leben konnte.

Rosalia hatte sich mit den Liebschaften ihrer Schwester abgefunden, solange es sich um Männer handelte, deren Anziehungskraft sie zur Not verstand, diesen Tölpel jedoch, den Angiola nicht lieben konnte, verachtete sie, was sie der Mühe enthob, ihn hassen zu müssen. Sie verbarg ihre Geringschätzung für das Häuschen, das Paolo Farina nach glücklichen Spekulationen in Pietrasanta bauen ließ; sie half Angiola bei der Auswahl der Stoffe, der Möbel: am Tag nach der Hochzeit trat Paolos Geiz bei der Prüfung der Rechnungen wieder zutage; Rosalia beauftragte ihren Schwager mit der Verwaltung ihrer mageren Renten; er reiste für sie nach Sizilien; indem sie ihn so vorübergehend von Angiola fernhielt und zugleich zwang, seine kaufmännischen Talente zu ihren Gunsten auszuüben, empfand sie eine jener grausamen Freuden, die uns auf die Dauer unsere Opfer lieb werden lassen. Und als einige Monate später Paolo mit dem Nachtzug nach Rom kam und ihr eröffnete, daß Angiola am Vortag mit dem zweiten Tenor einer Wanderoper durchgebrannt war, die vor zwei Tagen auf einer Florentiner Bühne »Aida« gegeben hatte, da empfand sie für diesen dicken, auf seinem Stuhl schluchzenden Mann die Aufwallung von Mitleid, die einem gemeinsamen Unglück entspringt.

Rosalia war noch nicht dreißig und doch schon alt, so sehr hatte das Leben diese Frau verschlissen, die glaubte, nicht gelebt zu haben. Sie strich um die Hotels und im Bahnhofsviertel herum und musterte die Unbekannten, die traurig und schön genug waren, um Angiola sein zu können. Paolo rächte sich für Angiolas Untreue an Gemara, indem er die Zahlung der Hypothekenzinsen einstellte; Rosalia zerstritt sich mit ihm, weil sie ihn eines Abends vor einem Café mit einer Frau gesehen hatte, die wohl die abwesende Angiola ersetzte. Sie sagte sich nicht, daß ihre Schwester, wo immer sie auch war, glücklich sein konnte, denn Angiolas Mißgeschicke waren alles, was ihr noch an Hoffnung blieb. Sie wartete auf die Rückkehr einer verratenen, vielleicht kranken, auf jeden Fall aber verzagten Angiola; sie würde nicht einmal diesen grotesken Ehemann benachrichtigen, der ihre Schwester ins Verderben gestürzt hatte: sie würden sich beide zu ihrem Lebensunterhalt als Dienstmädchen in der Familienpension verdingen, die eine Engländerin vor kurzem in Gemara eröffnet hatte. Doch Gemara, wo bereits mehrere Mieter aufeinandergefolgt waren, schien sich stillschweigend gegen die Fremden verschworen zu haben; die Familienpension schloß nach einigen Monaten, ohne daß die Engländerin mehr als das erste Quartal beglichen hatte: Don Ruggeros Gläubiger verloren die Geduld; der schlimmste Feind der Credo, ein reich gewordener Mühlenbesitzer, verkündete seine Absicht, das Haus zu kaufen, es bis auf die vier Mauern abzureißen und das, was einmal Gemara gewesen war, in eine moderne Villa zu verwandeln.

Bei jedem neuen Zahlungsbefehl des Gerichts ging Rosalia zu ihrem Vater: sie glaubte, daß er allein alles retten könne. Doch Don Ruggero, der in eine völlige Erstarrung versunken war, wurde unzugänglich wie die Toten und die Götter. Er blieb wortlos sitzen und strich immer wieder mit den Händen über die Armlehnen seines Korbsessels, stumm und mürrisch, wie Taube oder Blinde sein können. Rosalia redete beharrlich weiter, begriff nicht, daß die Wörter nichts gegen die Taubheit der Seele vermögen. Manchmal, wenn der Alte sich in seiner Ruhe bedroht fühlte, hob er ängstlich den Kopf; dann glättete ein Ausdruck glückseligen Schwachsinns wieder seine Züge; und das Lächeln, kaum angedeutet in den Mund- und Augenwinkeln, verriet nicht Freude darüber, daß er verstand, sondern Schadenfreude, weil er nicht verstanden hatte. Dieser durchtriebene Bauer hielt sich mit seiner Schläue das Unglück vom Leib. Auf Sizilien hatte er sich seiner Geheimnisse bedient, um seine Bewunderer und sogar seine Feinde zu prellen; in Rom hatte er aus seinem Elend ein Mittel gemacht, um seine reichen Verwandten zu erpressen; und nun, nachdem das Leben ihn erniedrigt und um einen Traum nach dem anderen gebracht hatte, richtete er zwischen der Niederlage und sich selber die

Verrücktheit als Schutzwall auf. Im Augenblick des Untergangs betrat Don Ruggero wieder seine Insel: der Wahnsinn war sein Sizilien. Seine Tochter Angiola war nicht mit dem zweiten Tenor einer Provinztruppe durchgebrannt: sie war immer noch da, unversehrt wie die Statuen, die er aus dem Bauch der Erde hob und mit denen er, im Wald von Gemara, zur Stunde des Bades in der römischen Zisterne, ihre nackte jungmädchenhafte Schönheit vergleichen konnte. Er hatte sie ausgegraben, diese Statuen; sie waren aufgestanden, um zu ihm zu kommen wie Frauen; sie, und nicht andere, füllten in Palermo die Säle des Museums an der Piazza Olivella. Und es war nur gut, daß man, um die Neidischen zu täuschen, das Gerücht von seinem Ruin verbreitete; er wußte, was davon zu halten war, denn schließlich verwahrte er doch in den Strohkörben hinter den leeren Ballonflaschen der Speisekammer genug Goldstücke, um Gemara zu restaurieren. Und dieser Korbsessel (ha! ha!) war ein Thron ganz aus Marmor, den er nicht müde wurde zu streicheln. Rosalia, deren Gegenwart den Kranken irritierte, fühlte sich von diesem Vater, der, wie sie sagte, nicht mehr er selber war, verkannt, und beeilte sich, die Anstalt zu verlassen, ohne zu begreifen, daß dieser senile Mann seinen Verstand gegen sein Universum eingetauscht hatte, so, wie die Zauberer ihre Seele verkaufen, um in den Besitz der Dinge zu kommen.

Unter dem Geläut der Abendglocken nahm Rosalia, als sie von der Kirche nach Hause kam, aus den Händen ihrer Vermieterin einen in Palermo abgestempelten Brief entgegen. Sie öffnete ihn erst, nachdem sie sich in ihr Zimmer eingeschlossen hatte: Paolo Farina teilte ihr mit, daß die Zwangsversteigerung an dem und dem Tag von dem und dem Auktionator vollzogen worden sei; dieses schwarzweiße Papier erschien ihr wie ihre eigene Todesanzeige. Sie setzte sich inmitten der Ruinen vernichteter Hoffnungen aufs Bett und schaute mit Augen, aus denen sich die Dinge bereits entfernten, auf den Fußboden, wo die Möbel wie Wracks zu schwimmen schienen: der Sessel, in den Don Ruggero sich nie wieder setzen, das Bett, in dem Angiola nie mehr schlafen würde. Mit dem Tod ihrer Hoffnungen hatte sie sich auch mit diesen Verlusten abgefunden, aber sie glaubte, sich mit Sicherheit an Gemara erinnern zu dürfen. Sie hatte sich beinahe an den Gedanken gewöhnt, nicht mehr dorthin zurückzukehren, wenn sie sich nur im Februar, während es in Rom regnete, die Sonne auf den Steinterrassen vorstellen durfte. Und wie Menschen, die mit dem Herzen denken, ahnte sie endlich, daß dieser Besitz nicht mehr einige hundert Meilen fern sein würde, sondern einige Jahre: das Haus, das war ihre Vergangenheit. Der Abbruch von Gemara würde nur in ihrem Herzen stattfinden, denn die Steine fühlen die Spitzhacke nicht, der Vater war zu alt, um zu leiden, Angiola dachte nicht mehr daran. Der reich gewordene Mühlenbesitzer hatte das Recht, Gemara abreißen zu lassen, und wer immer von der Familie dorthin zurückkehren mochte, den würde der Spiegel nicht mehr wiedererkennen. Rosalia selber hatte in Gedanken diese alten Mauern zwanzigmal niedergerissen und wieder aufgebaut: das luxuriöse Gemara, das sie für ihre Schwester wollte, das fürstliche Gemara, das sie dem Vater wünschte, um ihn für die Verachtungsbezeigungen seitens der feinen Welt zu rächen, hatten nichts gemein mit dem Haus ihrer Kindheit: es hatte aufgehört zu existieren, auch in ihr selber, wo Träume die Erinnerungen fälschten. Mehr noch, in diesem Augenblick berührte die Katastrophe sie nicht mehr zur Gänze: eine Spiegelscherbe über dem Bett zeigte ihr das Bild einer Frau, der nichts lieber gewesen wäre, als weiterhin zu kochen und Kerzen zu verkaufen, wenn diese Frau sie nur in Ruhe gelassen hätte. Die Dunkelheit befreite sie allmählich von dieser Fremden, die niemand anderer war als sie selber. Sie tat ein paar Schritte in diesem Zimmer, dessen Wände sie nicht mehr vor der Leere schützten. Ohne das geringste Staunen, so, als hätte sie ein alltägliches Bedürfnis ihres Körpers festgestellt, spürte sie plötzlich, daß sie sterben wollte.

Das Unglück befiel sie wie ein Erstickungsanfall, und sie riß das Fenster auf. Der Lärm von Rom, dieses unsichtbare Hin und Her in der wenig belebten Straße, brandete auf sie wie eine Welle. Sie fror, obwohl die Schwüle der Luft bereits den Sommer ankündigte. Eine Reihe von kleinen ungleichen Balkonen bildete zusammen mit den Dachvorsprüngen magere Gärtchen, die am Abend lustlos von Nachbarinnen in Nachtjäckchen und mit Lockenwicklern im Haar gegossen wurden. Drei Stockwerke tiefer stand mit dem Rücken zu ihr eine Frau im Hof eines Nachbarhauses und fütterte Tauben; ihre flügelbedeckten Arme erinnerten Rosalia vage an die kleine zerbrochene Terracottafigur aus dem Boden ihres Gartens in Sizilien.

»Si-gno-ra Cella!«

»Aaah, haben Sie mich erschreckt!«

Marcella legte den Kopf in den Nacken, um festzustellen, woher ihr Name fiel. Die Tauben flogen davon. Marcellas schönes marmorschweres Gesicht drückte nichts als Ruhe aus. Dabei hatte sie Angst gehabt, diese instinktive, immer wache, aber schnell beherrschte Angst eines Menschen, der seit langem mit der Gefahr lebt.

»Was wollen Sie?«

»Ein bißchen Glut, Signora Cella. Noch ein bißchen Glut. Ich habe das Geld in den Korb gelegt.«

Der Korb, der an einem Strick herabkam, enthielt den Obolus für Charon in Form eines Zehn-Lire-Stücks mit dem Abbild eines Monarchen aus dem Hause Savoyen. Marcella ging in ihre Wohnung und kam mit einem Teller in der Hand zurück. Sie war an diese kleinen, zwischen Nachbarinnen obligaten Dienstleistungen gewöhnt. Der Korb stieg mitsamt dem Blechteller, in dem Pinienzapfen aus den lebenden Wäldern soeben die Kohle aus toten Wäldern entzündet hatten, langsam in die Höhe, wobei er hier und dort an ein Fenstersims prallte. Rosalia zog an dem Strick, als wolle sie ihren Tod hochhieven.

»Weiter nichts?«

»Weiter nichts, Signora Cella.«

»Warten Sie einen Augenblick; ich hole Ihr Wechselgeld.«

»Später, Signora Cella. Guten Abend.«

»Guten Abend.«

Rosalia schloß die Fenster, die Läden, die Vorhänge. In dem sorgfältig gegen die Außenluft abgedichteten Zimmer war der Lärm von Rom nur noch das undefinierbare Anklatschen von Wellen, das unmerkliche Stampfen von Maschinen, das man auch in einer gut geschlossenen Kabine noch erahnt. Rosalia setzte sich auf ihren Reisekoffer, der nirgendwohin mehr reisen würde, und beugte sich über das Kohlebecken, dessen Flamme sie mit den notariellen Urkunden Luft zufächelte. Wenn man friert, muß man sich vorsichtshalber wärmen. Auf hoher See ist es immer kühl. Der scharfe Kohlegeruch erinnerte sie an den Dampfer, der zwischen Neapel und Palermo hin und herfuhr: sie saß auf ihrem Schiffskoffer in einer Kabine zweiter Klasse; dieses Geräusch war ihr Vater, der in der Koje nebenan schnarchte. Wie dumm von ihr, anzunehmen, Angiola werde hierher zurückkommen; die Kleine wartete längst in Sizilien auf sie. Dieser scharfe Geruch, das war die Maisernte, die in der Scheune brannte: die Scheune war so groß, daß sie schon seit zwölf Jahren brannte. Von Neapel nach Palermo waren es zwölf Stunden: man würde erst bei Tagesanbruch landen. Flammen fingen an zu tanzen: der Saum ihres Wollrocks hatte an der Glut Feuer gefangen; sie empfand keine Angst, aber man mußte die Flammen löschen. Wenn man sie nicht löschte, würde ganz Gemara Feuer fangen. Das waren keine Kerzenflammen; sie stiftete nie eine Kerze, um irgend etwas zu bekommen: in Santa Maria Minore wurden zu viele Kerzen von den immer gleichen Unglücklichen gekauft; sie glaubte nicht mehr an ihre Nützlichkeit. Sie griff mit den Händen an ihren Rock, um die Flammen niederzuschlagen; einen Augenblick war sie versucht, sich auf dem Bett zu wälzen, um sie zu ersticken; aber schon verdichtete sich überall der Rauch und drückte auf ihre Brust wie Nebel. Rosalia ging durchs Zimmer, das unter ihr stampfte und schlingerte, die Seekrankheit des Todes brachte ihr Herz zum Kentern, und sie fiel aufs Bett.

Jemand klopfte an die Tür: sie hörte es, wollte aber diesen brandstiftenden Bauern nicht öffnen. Sie rang nach

Luft: es war jedoch besser, die Fenster vorsichtshalber geschlossen zu halten. Sie hatte vergessen, daß sie sterben wollte. In ihrem vernebelten Kopf folgten die Bilder aufeinander, ebenso zahlreich, ebenso lebhaft wie sonst, aber in anderer Bedeutung. Sie war müde; kein Wunder nach einer schlaflosen Nacht in einem belagerten Haus. Gut, daß der Tag bald anbrechen würde. Das Eisenbett – die Barke – trieb so gleichmäßig schnell dahin, daß kein Schwindelgefühl mehr aufkam. Das Feuer erfaßte die Steppdecke, dann die Matratze: über die weiß gekalkten Wände liefen Lichtreflexe wie die ersten Streifen der Morgenröte über den grauen Dämmer des anbrechenden Tages.

»Heiliger Antonius! Was für ein höllischer Rauch!«

Sie hörte nicht. Ihre Nachbarn zur Rechten, die der Geruch aufgeschreckt hatte, stemmten sich gegen die Tür; das Schloß gab nach, und sie stürzten ins Zimmer. Rosalia hörte nicht, wie sie Wassereimer füllten, das Feuer löschten, husteten, das Fenster öffneten, den Leuten aus dem zweiten Stock ihre aufregende Entdeckung mitteilten. Ruhig, auf ihrer versengten Decke liegend wie ihre toten Vorfahren bei der Bestattung auf dem Scheiterhaufen, die Augen weit geöffnet, war Rosalia soeben am Fuß eines nächtlichen Schauer-Gemaras angekommen, wo Angiola auf sie wartete.

»Ja, sie ist da. Ich hole sie.«

»Ich bin sehr in Eile. Ich wohne nämlich in Ostia...«

Er hatte es erraten, obwohl sie ihren Namen nicht genannt hatte. Diese allzu korrekt gekleidete Frau gehörte vermutlich nicht zur Gruppe. Außerdem hielten die Mitglieder der Gruppe sich seit ein paar Wochen im Untergrund verborgen. Und eine Kundin würde in den Laden gekommen sein. Ja, das war bestimmt die Frau, von der Carlo ihm einmal ein Foto gezeigt hatte. Und zudem zitterten die schwarz behandschuhten Hände.

»Treten Sie ein. Im Hausflur redet sich's schlecht. Und es könnte jemand zuhören.«

Gefügig folgte sie ihm in eine Küche, die offenbar auch als Schlafraum diente, denn es stand ein Bett darin. Es war schon dunkel. Sicher, wie man in der eigenen Wohnung hantiert, drehte er den Schalter. Die Kraft, die von den Terni-Fällen kommt, um sich in Licht zu verwandeln, modellierte die fast allzu zarten Züge des jungen Mannes, das schmale, beinah perfekte, aber unstete Gesicht, dessen Ausdruck ständig der Schönheit entgegenwirkte. Er sah die schwarze Handtasche, den schwarzen Mantel, den unkleidsamen Schal, der die abgespannten Züge der Besucherin rahmte. ›Grotesk‹, dachte er. ›Eine Spießerin in Trauer.‹

»Sie haben alles gefressen, Massimo«, ließ sich eine warme Frauenstimme hinter der Wand zum Laden vernehmen. »Hörst du? Sie hüpfen auf meine Hände, sie pikken mir sogar die Körner von den Lippen... Und was für eine Kraft, wenn sie sich mit den rosigen Krallen festhalten... Aber nicht, weil ich es bin, verstehst du? Wenn es zufällig morgen eine Nachbarin sein würde...«

»Komm«, sagte er ungeduldig. Und lauter: »Hier wartet jemand auf dich.«

Die Mitteilung ging im Geräusch eines zuklappenden Fensterladens unter. Marcellas Schritte näherten sich auf dem Fliesenboden.

»Spätzchen«, sagte sie schmeichelnd, »warum hast du Licht gemacht? Ich habe dir noch so viel zu sagen. Im Dunkeln geht es leichter.«

Die Besucherin errötete, als habe sie eine nackte Frau belauscht. Überrascht, aber keineswegs bestürzt blieb Marcella auf der Schwelle stehen. Da sie weit weg von der Lampe war, konnte man ihr Gesicht kaum sehen.

»Marcella«, sagte der junge Mann und trat näher, um hinter ihr die Tür zu schließen, »Signora Carlo Stevo möchte sich vermutlich nach ihrem Mann erkundigen.«

Er kannte ihren Namen? Vannas Hände zitterten noch heftiger. Mechanisch zog sie die Handschuhe aus. Gewiß, an ihrem Kommen war nichts Besonderes: sie wollte es als einen ganz gewöhnlichen Besuch hinstellen, bei dem Gefühle sorgfältig vermieden würden. Aber diese Leute sahen es aus ganz anderen Gründen als nichts Besonderes an, sie waren ebenso in ihrer tragischen Aufrichtigkeit befangen, ohne deren Banalität zu sehen, wie Vanna in den Konventionen, deren Nichtigkeit sie nicht fühlte. Und mit einer Bewegung, als wolle sie ihren Mantel zuknöpfen, sagte sie:

»Ich möchte mit Signora Marcella sprechen.«

»Massimo Jacowleff würde nicht hier sein, wenn er

nicht alles wüßte. Er ist der beste Freund...« sie zögerte »... von Signor Stevo.«

Die eigensinnige, fast beleidigende Miene der Besucherin zwang sie, sich zu berichtigen:

»Von Carlo«, sagte sie. »Von unserem Carlo.«

Und leise, mit liebevoller Schlichtheit:

»Der Ärmste!«

Unwillkürlich sprach sie von ihm wie von einem Toten.

Sie setzten sich. Es fehlte nichts für eine Geisterbeschwörung, nicht das Halbdunkel, nicht der Rauch, den Massimos Zigaretten verströmten, nicht die Hände, die auf dem Tisch lagen wie bei spiritistischen Séancen. Aber jeder rief einen anderen Abwesenden. Vanna dachte an den Genesenden, der sich während ihrer Spaziergänge auf sie stützte, an den großen Mann, den die kleinen Annehmlichkeiten des bürgerlichen Lebens beruhigten, an ihr eheliches Glück, das rasch verflüchtigt war wie ein Traum und sie hilflos inmitten einer komplizierten und ihr nie ganz verständlichen Welt zurückgelassen hatte. Marcella wurde an die hochfliegenden Pläne erinnert, die zwischen kindischen Unbesonnenheiten und romanhaften Sicherheitsmaßnahmen diskutiert worden waren, an eine Reise nach Genf, bei der ihnen der Grenzübergang von Sympathisanten ermöglicht wurde, an Flugschriften, die sie im Morgengrauen unter die Türen schoben, an die Verzweiflung und die Scham, die sie beide empfanden, als sie Seite an Seite, hier, in diesem Raum, am Radio der Donnerstimme des Diktators gelauscht hatten, an die fieberhafte Aktivität, die sie wach hielt, wenn sie todmüde in Kleidern auf dem Bett lagen, nicht als Liebende, sondern als Komplizen. Massimo sah einen schäbig gekleideten Fremden in einem Wiener Café, dem er ein gefälschtes Visum in einem gefälschten Paß verschafft hatte, einen außerordentlich lebendigen Kranken, der mit beiden fieberfeuchten Händen sein Handgelenk umfaßt und in fehlerhaftem Deutsch seine Lebensauffassung, seine geheimen Pläne und vage Dankesbeteuerungen hervorgestammelt hatte. Von so vielen Carlos, der eine durch den Raum, die anderen durch die Zeit von ihnen getrennt, opferten sie unwissentlich den ersteren, denn keiner von ihnen konnte sich genau vorstellen, wie in diesem Augenblick, da sie von ihm sprachen, das Leben des Gefangenen aussehen mochte. Und so, wie der Gläubige neben seinem einzig wahren Gott keine fremden Götter dulden will, so verkannte oder verachtete jeder dieser drei Menschen das Gespenst, das die beiden anderen heimsuchte, und versenkte sich schweigend in die Betrachtung des seinigen.

»Wer weiß?... Vielleicht kommt er bald frei«, meinte Vanna schüchtern.

»Niemals«, sagte Marcella voll Verachtung.

Die Unterstellung, der Diktator könne einer Regung von Milde, von Menschlichkeit fähig sein, empörte sie, erschreckte sie wie eine gefährliche geistige Versuchung, die ihren Abscheu hätte erschüttern können und folglich ihren Haß.

Marcella Ardeati wurde in der Romagna geboren, in Cesena, wo ihre Mutter das Amt der Hebamme ausübte. Ihr Vater war als militanter Anarchist aus seiner Lehrerstelle entlassen worden, und zwar auf Befehl jenes Diktators, der sein Jugendfreund gewesen war. Ein reicher, junger, aber schon berühmter Arzt hatte Marcella aus Liebe geheiratet, nachdem sie sich ihm in einer monatelangen Liaison bald leidenschaftlich hingegeben, bald heftig entzogen hatte. Nach zwei Jahren entfloh sie diesem vorteilhaften Ehestand, dessen sie sich schämte wie eines Treubruchs, und das war er auch, denn die Jahre der Leidenschaft hatten sie vorübergehend ihrer wahren Berufung abspenstig gemacht, dem Unglück. Der Reichtum, der Erfolg, der Genuß, sogar das Glück erregten in ihr einen Abscheu, wie der Christ ihn gegen alles Fleischliche hegt; und genauso, wie der Christ aus diesem Fleisch, das ihn ängstigt, keine volle Lust schöpfen kann, weil Scham und Reue seine Lust trüben, so hatten Genuß und Geld in Marcella nur die Erinnerung an ihren Vater geweckt, der elend im Armensaal des Krankenhauses von Bologna starb, an ihre Mutter, die wegen Abtreibungen verurteilt wurde. Nach und nach hatte die Solidarität mit dem Unglück der Ihren sich ausgeweitet, hatte Marcella mit allen Gedemütigten, allen Geknechteten, allen Geächteten verbündet. Das Warten auf die Zukunft hatte dieser Frau, die sich dem Widerstand verschrieb, die großen Augen der jungen Sibyllen verliehen. Ihre Begegnung mit Carlo Stevo war in die Zeit gefallen, als beide zutiefst am Zustand ihres Landes und der Welt verzweifelt waren. Dieser erbitterte und hinfällige Mann, der dennoch seine kühnen Ideen bis an jene äußerste Grenze vorantrieb, wo sie zu Taten werden, hatte in ihr sowohl eine ungestüme Martha wie auch eine mystische Maria gefunden. Für den Slawen aus Triest, diesen zugleich marginalen und leidenschaftlichen Italiener, hatte sie die Erde bedeutet, die mächtige, kraftvolle italienische Erde, die alle Wechselfälle der Regime überlebt. Sie hatte das Volk bedeutet für diesen Einzelgänger aus einer jener guten Familien des liberalen Bürgertums, das einst selber den Begriff des Volkes geprägt hat, jedoch durch Relikte von Herkommen, Vorurteilen und Furcht fast immer am liberalen Umgang mit dem Volk gehindert wird. Vielleicht hatte Marcella für Carlo Stevo die volkstümliche Kraft und Schlichtheit um so mehr repräsentiert, als sie durch ihre Erziehung, ihre Ehe, ihre Freunde nicht mehr so ganz zum Volk gehörte. Schließlich, wenn sie für diesen Frauenfeind, diesen schüchternen oder vielleicht keuschen Mann nicht das Weib gewesen war, weil die geteilte Lust fehlte, so hatte doch ein gemeinsamer Haß die beiden verbunden. Carlo Stevo war im Jahr vor seiner Deportation zu ihr gezogen; in ihrer Samenhandlung, zwischen den prallen Säcken mit dem Geheimnis der Saaten, hatten Beratungen stattgefunden, in denen – unter diesem wieder kaiserlich gewordenen Rom – der ganze Fanatismus junger verfolgter Sekten schwelte. Und in diesem Zimmer war er kurz nach seiner Rückkehr aus Wien festgenommen worden. Aber während Carlo von einem Sinn für Recht und Gerechtigkeit, einer Art beleidigter Güte, zum Haß auf den neuen Herrscher, der die Staatsraison verkörperte, gelangte, hatte im Gegenteil der Haß diese Frau, die allen Besiegten schwesterlich verbunden war, allmählich dazu gebracht, daß sie in sich die Regungen der Güte pflegte. Alles an ihr weckte Vannas Abneigung: das schöne, ein wenig grobe und schon vom Leben gezeichnete Gesicht, die großen abgearbeiteten Hände, die losen Brüste unter dem schwarzwollenen Umschlagtuch. Und Vanna beeilte sich zu sprechen, ehe der Zorn sie erstickte:

»Seit mehr als drei Monaten haben wir jetzt nichts mehr

von ihm gehört... Es ist nicht meine Gewohnheit, Unbekannten ins Haus zu fallen... Aber ich dachte...« Sie geriet außer Atem, als habe sie zu rasch eine Steigung genommen. »Ich dachte, vielleicht haben Sie Mittel und Wege, die wir nicht haben... Wenn Sie zufällig eine Botschaft für mich hätten...«

»Carlo schreibt auch nicht an uns«, sagte Marcella.

»Nein?«

Vanna blickte sie ungläubig, mißtrauisch an und hätte dennoch nur zu gern geglaubt, daß ihre Rivalin nicht begünstigter sei als sie.

»Die Briefe werden zurückbehalten, wenn sie etwas anderes als Nichtigkeiten enthalten«, sagte Marcella fest. »Sollte Carlo vielleicht schreiben, mir geht's gut und das Wetter ist schön?«

Und sie stand auf, um eine Kaffeekanne und zwei leere Tassen vom Tisch zu räumen, eine Verrichtung, die zeigen sollte, wie wenig das Gespräch sie interessierte.

»Aber es geht ihm nicht gut! Erinnern Sie sich nicht, daß er Blut gespuckt hat? Wer weiß, ob er in diesem Moment, wo ich spreche, noch lebt, der Ärmste!«

»Bilden Sie sich denn ein, daß er lebend zurückkommt?«

»Das dürfte Ihnen peinlich sein, nehme ich an«, schrie Vanna plötzlich. »Und ich habe mir eingebildet, Sie liebten ihn so, wie ich ihn liebe«, fügte sie hinzu und sprang auf, als wolle sie Hiebe oder Ohrfeigen austeilen. »Fast hatte ich Sie bedauert... Ich sagte mir, ›diese Frau ist wie ich, sie leidet...‹ Ich hätte sie hassen sollen, aber ich bedauerte sie beinah... Ich war eigens beim Friseur, ehe ich zu ihr ging... Ich wußte nicht, daß ich eine Proletarierin mit Kopftuch vorfinden würde... Ein Mann wie er, ein Mann, in dessen Gegenwart man sich nie fein genug, nie gut genug gekleidet fühlte!... Und jetzt sehe man sich dies an, diese Schlampe, so ungeniert, als wäre sie nicht an allem schuld...«

Dann, mit einstudierter Arroganz, die man ihr nicht zugetraut hätte:

»Verzeihen Sie, Signore, daß ich in Ihrer Gegenwart so von Ihrer Freundin spreche.«

»Tun Sie sich meinetwegen keinen Zwang an, Signora Stevo«, sagte der junge Mann ruhig.

»Sie hätten ihn beschützt, nicht wahr? Sie hätten ihn in sein behagliches bürgerliches Leben eingesperrt? Ihm geraten, er solle seinen Frieden machen mit dem ANDEREN, gute Bücher schreiben, gute Romane, damit man sich jedes Jahr eine kleine Reise nach Paris leisten kann, einen Aufenthalt im Gebirge oder einen neuen Wagen. Schließlich weiß ich, wie's in einer Ehe zugeht. Sie hätten sich seine Krankheit zunutze gemacht, um den Revolutionär in ihm zu ersticken, den Helden, den Apostel. Carlo hat mir schon gesagt, daß die Heirat mit Ihnen eine der schlimmsten Folgen seiner Lungenkrankheit war.«

»Das hat er gesagt? – Zu Ihnen?«

»Zu wem denn sonst? Wer sonst interessiert sich für Carlo Stevos Eheleben?«

Über den Tisch hinweg, die Hände auf dem glänzenden Wachstuch, maßen die beiden Frauen einander wütend, fast ordinäre Symbole für das Schicksal des Mannes, der sich zwischen ihnen so hoffnungslos zur Wehr gesetzt hatte wie ein Schwimmer zwischen einer Sandbank und einer Klippe. Und (denn der Haß ist die theatralischste aller Leidenschaften) die kleine Spießerin redete wie ein Gassenweib, und die Frau aus dem Volke sprach wie auf der Bühne.

Marcella setzte sich erschöpft wieder hin.

»Wie komme ich dazu, daß ich mich mit Ihnen abgebe?«, sagte sie. »Schick sie weg, Massimo. Sag ihr, sie soll gehen.«

Einen Moment schloß sie die Augen, schuf in ihrem Inneren eine Leere, in der nur noch ein glänzender Gegenstand und ein Klicken existierte. ›Als ich in Bologna bei Alessandro Praxishilfe war, assistierte ich ihm einmal, als er eine Kugel aus der Lunge oder dem Bauch eines Verletzten entfernte‹, dachte sie. ›Jetzt das Gegenteil tun: auf diesen Hund schießen, ihn treffen, ein Loch in diesen Sack voll Blut bohren. Nichts sonst ist wichtig. Rege dich nicht auf: jetzt gilt es, eine ruhige Hand zu haben. Ob Carlo lebt oder tot ist, er teilt mit mir ein Geheimnis, das dieses Frauchen hier erbleichen ließe; die Tat, die du kaum zu wünschen wagtest, ich werde sie vollbringen. Du bist ja doch nur ein Büchermensch.‹

»Ich weiß es, ich habe ihn ja gepflegt«, sagte Vanna Stevo beinah sanft. »Ich weiß, daß er schwach ist und daß er Angst hat (alle Männer sind feige) und daß er sich vor dem Tod fürchtet... Ich habe ihn nicht kompromittiert, ich nicht; ich habe mich nicht in die Politik gemischt; ich habe ihn nicht in sein Verderben getrieben, um ihn loszuwerden. Haben Sie denn dabei überhaupt an Carlo gedacht? Und an das Kind? Und an mich, die nichts tun kann als warten, in diesem Haus, an dessen Tür nie jemand klingelt, nicht einmal der Briefträger? Meine Mutter, die ihren Rosenkranz betet und die Karten befragt, ob das Unglück eintritt... Mein Vater, der abends heimkommt und über den schlechten Geschäftsgang jammert und bloß Geld hat für dieses Luder von Engländerin... Eine Familie, die nie ins Gerede gekommen war und sich jetzt schämt – meinetwegen schämt –, wenn Fahnen durch die Straßen ziehen... Heilige Jungfrau«, fuhr sie mit dem Ingrimm der Schüchternen fort, »glauben Sie, daß das ein Leben ist? Wenn ich wenigstens Carlo vergessen könnte, ich hätte schon einen anderen gefunden... Oder wenn ich eine andere Sorte Frau wäre... Und heute abend komme ich hierher und finde Sie mit Ihrem Liebhaber vor...«

»Ah, Massimo, das ist zu albern«, sagte Marcella mit einem erzwungenen Auflachen, das kurz war wie ein Schrei.

»Ihrem Mieter?«

»Ich vermiete nicht mehr«, sagte Marcella wegwerfend.

»Laß sie, sie leidet«, flüsterte Massimo.

Er schob das Zeitungsstreifband weg, auf das er zur Beruhigung Kreise, Quadrate, Palmen gekritzelt hatte, und wandte sich an die Widersacherin.

»Carlo hat oft von dir gesprochen, damals, als wir uns in Wien kennenlernten. Er sagte: ›Vanna ist schön, und sie weiß nicht, daß sie schön ist.‹ Er wollte die Kleine zur Behandlung in ein Sanatorium ins Ötztal schicken. Wie geht es ihr?«

»Und wenn sie lernte, auf Krücken zu humpeln, würde dann mein Kreuz weniger schwer sein? Er war nicht einmal imstand, mir ein Kind zu machen, das laufen kann wie alle anderen«, sagte sie höhnisch und klagend zugleich.

In Gegenwart dieser Leute, die laut zu denken schienen, tat auch sie sich keinen Zwang an, sprach sie sich aus, wie sie es den Ihren gegenüber nie getan hätte. Das Töchterchen, für dessen Spielsachen und Medikamente sie sich ruinierte, vermochte sie beim besten Willen nicht zu lieben; ihre übertriebenen Anstrengungen dienten nur dazu, die eigene Scham darüber zu verdrängen, daß sie dieses kleine lahme und ewig kranke Geschöpf hervorgebracht hatte, die Verzweiflung, die sie zuweilen frühmorgens ankam, wenn sie in ihrem Bett neben dem Gitterbettchen der Kranken lag, und den wahnsinnigen, schneidenden, gräßlichen Impuls, das Kind mit einem Kissen zu erstikken und dann selber zu sterben.

»Mein Mann behandelt das Kind, nicht wahr?« sagte Marcella fast zärtlich. »Bei ihm habe ich Carlo kennengelernt ... Mein Gott, wie weit liegt das zurück!«

»Carlo ist sehr mutlos, sehr deprimiert«, sagte Massimo plötzlich. »Er hat vor kurzem an den ANDEREN geschrieben, um, wie er sagt, seinen Irrtum zu widerrufen.«

»Das ist gelogen!«

»Das ist wahr, Marcella. Es steht bereits in den Abendzeitungen.«

»Und du glaubst ihren Lügen?«

»Man hat mir den Brief gezeigt.«

»Wer?«

Aber sie stürzte sich auf die Zeitung, die auf einer Ecke des Tisches lag.

»Es ist wahr«, wiederholte Massimo und legte ihr die

Hand auf die Schulter. »Fast alles ist wahr. Er hat die Ratschläge befolgt, die Sie ihm vermutlich gegeben haben, Signora Stevo.«

Vanna packte die Zeitung, die Marcella ihr überließ, und trat zum Lesen näher an die Lampe. Leichte Röte stieg in ihre Wangen, während die der anderen Frau alle Farbe verloren.

»Massimo«, flüsterte Marcella, »seit wann weißt du es?«

»Seit heute morgen.«

»Warum hast du mir nichts gesagt?«

»Aus Mitleid.«

»Er hat wirklich Namen preisgegeben? Welche Namen?«

»Ein paar, die schon bekannt sind. Keine Angst: sein Brief macht ihnen mehr zu schaffen, als er uns schadet. Mach nicht alles noch schlimmer, Marcella«, fuhr er fort und ließ die lesende Frau nicht aus den Augen. »Gib auf, woran du denkst; du darfst seine vielleicht ohnehin schreckliche Lage nicht noch verschlimmern. Warte ab, bis wir wissen, woran wir sind.«

»Ich habe dir nichts anvertraut.«

»Du bist leichter zu durchschauen, als du glaubst.«

Vanna legte strahlend die Zeitung beiseite, öffnete ihre Handtasche und erneuerte mechanisch ihr Make-up, wie eine Frau, die zu einem Rendezvous geht.

›Die Unglückliche‹, dachte Marcella, ›sie bildet sich ein, daß sie ihn bald wiedersehen wird.‹

Wiederum, und nur für einen Augenblick, zog Marcella sich zurück, barg den Kopf in den Händen. ›Ich mache dir keinen Vorwurf. Es geht mir nicht darum, durch welche

Foltern oder Versprechungen sie... Ihr gemeinstes Verbrechen: uns in den Schmutz ziehen, uns mit allen Mitteln zwingen, daß wir uns wirklich oder scheinbar unterwerfen, daß niemand mehr Anstand bewahrt... Ein Grund mehr, daß ich unverzüglich handle. Aus Rache, zur Sühne... Für unsere Partei, für dich, für mich selber... Wir sind alle bloß mehr oder minder taugliche Werkzeuge. Einem Werkzeug macht man keinen Vorwurf, wenn es zerbricht.‹

Es klingelte, und sie fuhr erschreckt hoch.

»Schon!«

»Ganz bestimmt nicht«, sagte Massimo. »Aber laß mich aufmachen.«

»Ich will nicht, daß man dich hier findet«, sagte sie und packte ihn am Arm. »Geh fort! Durch das Schlafzimmer.«

»Warum?«

Aber er gehorchte achselzuckend. Sie schob ihn in den angrenzenden Raum, wo früher Carlo logiert hatte und von wo aus man durch den Hinterausgang des Ladens ins Freie kam. Vanna lachte höhnisch über diese Schmierenszene.

Es klingelte ein zweitesmal, ungeduldig. ›Das sind nicht *sie*‹, dachte Marcella, ›*sie* klingeln anders.‹ Als die Tür aufging, wich sie mit einem Schrei der Überraschung, fast des Entsetzens zurück, aber dieses Entsetzen unterschied sich von ihrem dauernden Alarmzustand und schien aus einem anderen Teil ihrer Person zu entspringen. Der unachtsame Besucher stolperte auf den Stufen, die von der Schwelle hinunter in die Küche führten. Nur die völlige Ungezwungenheit dieses Mannes im Abendanzug bewirkte, daß er in dieser Katakombenatmosphäre keine lächerliche Figur machte.

»Wir vermieten keine Zimmer mehr«, sagte Vanna dreist.

»Mein Mann«, erklärte Marcella. Sie sprach dieses Wort so aus, wie Vanna es an ihrer Stelle getan hätte, großspurig, fast herausfordernd.

»Wenn er vertrauliche Mitteilungen zu machen hat, rate ich ihm, leise zu sprechen.«

Vanna ging und schlug die Tür hinter sich zu.

»Wer ist denn diese Verrückte?«

»Sie kennen sie: Carlo Stevos Frau«, sagte Marcella wegwerfend.

Jetzt richtete die Herausforderung sich gegen ihn.

»Ich komme auf dem Höhepunkt einer Krise... der rechte Moment für einen Arzt. Darf ich mich setzen?«

»Ja.«

»Störe ich?«

»Ja.«

Wie sie so dastand, die Hände auf den Tisch gestützt, nahm sie unwillkürlich die Haltung einer Angeklagten ein. Doktor Alessandro Sarte setzte sich, ließ sein Lächeln fallen, wie er es immer in seinem Sprechzimmer tat, ehe er anfing, dem Patienten Fragen zu stellen.

»Sie sind außer sich... Was hat diese Natter Ihnen gesagt?«

»Nichts. Sie wollte wissen, ob es etwas Neues gibt.«

»Und Sie haben es ihr gesagt?«

»Ich weiß nur, was in den Abendzeitungen steht. Vermutlich kommen Sie, um Ihren Triumph zu genießen?

Um die Auswirkung dieser Katastrophe auf mich zu beobachten. Es ist keine Katastrophe. Sie können die Gewißheit mitnehmen, daß ich nicht leide.«

»Ich habe bessere Gründe, Sie aufzusuchen«, sagte er.

»Ich lege keinen Wert darauf, sie zu hören.«

»Aber ich lege Wert darauf, sie Ihnen mitzuteilen. Zuvor jedoch«, fuhr er fort, beugte sich vor und berührte sie mit dem Finger, »will ich mich überzeugen, daß die Marcella, die ich kenne, noch am Leben ist.«

Bei dieser leichten Berührung fuhr sie zurück, als habe er sie geschlagen.

»Beruhigen Sie sich...« Unabsichtlich klang er jetzt ärgerlich, wie ein Arzt, dessen Patient im letzten Moment vor einer Injektion zurückzuckt. »Ich habe nicht die Absicht, Sie zu vergewaltigen. Haben Sie sich jemals gefragt, was die letzten vier Jahre für mich bedeutet haben?«

»Das mußte ich mich nicht erst fragen: Sie haben es verstanden, ausgiebig von sich reden zu machen. Jetzt sind Sie im Begriff, zu werden, was Sie zu sein wünschten: die Kapazität, die von Millionären und Berühmtheiten im Bedarfsfall unweigerlich konsultiert wird. Sie haben an ein paar Kongressen teilgenommen. Ihr Bild prangt an dominierender Stelle im Ärzteblatt. Sie haben eine hohe Persönlichkeit des Regimes operiert, was Ihnen, wie man hört, die unschätzbare Gunst des großen Mannes sichert. Was noch? Ich vermute, daß Ihr Bankguthaben sich in den vier Jahren verzehnfacht hat.«

»Ich verstehe nicht, warum Sie mir nicht dazu gratulieren, daß ich wie ein Werktätiger von der Arbeit meiner Hände lebe. Meiner Virtuosenhände«, fügte er im ironischen Ton eines Menschen hinzu, der eine abgedroschene

Phrase zitiert, und legte die Hände vor sich auf das Wachstuch.

Marcella warf nur einen Blick darauf.

»Gerade diese Virtuosität ist mir verhaßt«, stieß sie hervor, hastig, als müsse sie mit jedem Wort eine Barrikade gegen ihn errichten. »Die Wissenschaft interessiert Sie nicht. Die Menschlichkeit...«

»Ersparen Sie mir Ihre großen Worte.«

»Ich bestreite nicht Ihr Können, Alessandro, ich habe Sie am Werk gesehen. Aber Ihre Kranken sind nur zahlende Kunden – ach was! – nur Versuchskaninchen. Mit dem menschlichen Körper experimentieren, das ist Ihr liebster Zeitvertreib, und nicht nur im Operationssaal.«

»Sie sehen alles zu einseitig, Marcella. Mit dem menschlichen Körper, ja, und manchmal auch mit der menschlichen Seele.«

Die Ellbogen auf dem Tisch, das Gesicht lässig in die Handflächen gestützt, musterte er unauffällig Möbel und Geräte im Zimmer. Doktor Alessandro Sarte besaß jene zugleich kalten und beweglichen Züge, die weniger ein Gesicht bilden, als vielmehr eine Abfolge von Masken: eine Arztmaske, in Konzentration erstarrt, die nicht ihm allein zu eigen war, sondern einer großen Zahl seiner Kollegen diente; die Bronzemaske des Südländers mit den Zügen einer römischen Münze, wie sie seit zweitausend Jahren von einer ganzen Rasse getragen wird; eine Lebemanns-Maske, die gelegentlich unter den Rissen der anderen hervorschien und die individueller wirkte, weil sie undeutlicher war. Schließlich, in den seltenen Augenblikken, in denen Alessandro Sarte sich allein glaubte oder sich nicht unter Kontrolle hielt, sah man sein wahres Gesicht sich abzeichnen, das harte, bittere und kalt-verzweifelte Gesicht, das er im Leben verbarg und das er im Tode vermutlich zeigen würde.

»Dennoch«, warf sie mit bebender Stimme ein, »hat meine Seele Sie nie interessiert.«

»Wissen Sie das genau? Aber das Wort ist eigentlich außer Kurs in meinem Vokabular und in dem Ihrigen. Sprechen Sie wieder von mir, Marcella. Meine Biographie amüsiert mich.«

»Was bleibt noch zu sagen?« Sie stürzte sich auf die Chance, ihrem Groll Luft zu machen. »Im vergangenen Jahr waren Sie mit einer königlichen Hoheit in Grosseto auf der Jagd. Sie haben mehrere Rennwagen zu Schrott gefahren, umgetauscht oder verkauft. Dann und wann haben Sie mit hübschen und gefälligen Mädchen geschlafen. Sie haben ein paar Mätressen gehabt, auffallende Erscheinungen im Nerz, deren Namen man sich zuflüsterte, sobald sie sich im Restaurant oder im Theater zeigten. Diese Frauen haben Sie zerstört und verdorben, soweit es in Ihrer Macht stand; Sie sind ihrer müde geworden...«

»Ein Kompliment für Sie.«

»Sie verlangten von ihnen ein gewisses Maß an Reizen, auch den Reiz der Gefahr. Übrigens bedeuten diese Frauen in Ihrem Leben dasselbe wie Ihre Bugattis.«

»Ein Rauschmittel also?«

»Ja... Das erklärt, warum ich es so schnell leid war, Ihnen als Mittel zum Zweck zu dienen.«

Er registrierte es als Sieg, daß sie ein Lächeln andeutete. Nach einer kleinen Pause nutzte er diesen Vorteil:

»A propos Bugattis, ich sehe, daß Sie sich an den Abend

erinnern, als Sie den Weg nach San Marino lieber zu Fuß fortsetzten.«

»Ich will mein Leben nicht sinnlos aufs Spiel setzen.«

»Das beruhigt mich«, sagte er ernst.

Er stand auf und tat schweigend ein paar Schritte im Zimmer.

»Wissen Sie«, sagte er, »daß man Sie mit geschlossenen Augen an Ihrer Sprache erkennen würde, selbst wenn Sie Ihre Stimme verstellten? Ich finde darin den Einfluß der Dichter des neunzehnten Jahrhunderts, dieser feierlichen Esel, von denen Kopf und Bücherschrank Ihres Vaters überquollen und die Sie in Carlo wiederzufinden glaubten; meinen eigenen Einfluß, der Sie wenigstens Klarheit lehrte... Sie haben sich nicht verändert, Marcella.«

»Das könnte ich von Ihnen nicht behaupten. Sie sind gealtert.«

»Ich habe mich verbraucht. Glauben Sie mir, wer altert, verbraucht sich nicht mehr, er konserviert sich. Sich verbrauchen ist das Gegenteil von Altern. Rauchen Sie?«

»Nein.«

»Verstehe: von meinen Lastern geheilt. Und was bedeutet dieser volle Aschenbecher hier?«

»Verschwenden Sie nicht Ihre glänzende Beobachtungsgabe an Bagatellen«, sagte sie und stellte den Aschenbecher in den Spülstein. »Ich habe mit einem Freund gegessen.«

»Dem kleinen Jacowleff?«

»Lassen Sie mir nachspionieren? Wie fürsorglich!«

»Ich wache über Sie. Es ist notwendiger, als Sie glauben. Was meinst du denn«, fuhr er ungeachtet ihres

Einspruchs fort, »warum du einigermaßen unbehelligt und frei hast leben können, mit deinen Ideen und deinen Freunden, die allgemein bekannt sind? ... Du solltest mir übrigens zugute halten, daß ich mich in diesen vier Jahren niemals aufgedrängt habe.«

»Ach so«, sagte sie bitter. »Ich würde auf den Liparischen Inseln sein, wenn... Fragt sich nur noch, was sich hinter dieser Güte versteckt.«

Sie hatte sich wieder gesetzt. Die Arme auf dem Tisch verschränkt, das Kinn auf die Brust gesenkt, bot sie dem Blick nur eine harte und geschlossene Form.

»Nichts weiter als meine Absicht, eine Frau nicht am Rand einer Salzgrube enden zu sehen... Meine Frau«, erklärte er mit einer Art Wärme und lüftete die Maske. »Denn schließlich kennen unsere Gesetze zum Glück keine Ehescheidung... Und ohne vorgeben zu wollen, ich würde öfter an Sie denken, als ich es tue, muß ich gestehen, daß ich mich zuweilen frage, ob ich meine Karten immer richtig ausgespielt habe...«

»Die Frage stellt sich nicht. Sie hätten besseres tun können, als Ihre Praxishilfe zu heiraten.«

»Meine beste Praxishilfe. Noch hat niemand Sie ersetzt, Marcella.«

»Ist das ein Stellenangebot?«

»Keineswegs«, sagte er, wütend über ihre Ironie. »Und es ist auch keine Aufforderung zur Rückkehr ins eheliche Heim. Glauben Sie, ich hätte diese Mischung aus glücklichen Augenblicken und unerfreulichen Stunden köstlich gefunden, diese Anfälle von Tugendhaftigkeit, wie sie die Heldinnen der Kitschromane erleiden, diesen Klassenhaß sogar noch auf dem Kopfkissen...«

»Das alles gefiel Ihnen immerhin so, daß Sie mich zur Signora Sarte gemacht haben«, bemerkte sie.

»Ich weiß«, sagte er. »Ich habe mich verrechnet, als ich annahm, die Ehe werde eine Frau zur Vernunft bringen... Wenn ich an die Mißhelligkeiten mit meiner Familie denke, die von meinem Entschluß ausgelöst wurden... Lassen wir das... Und selbst, wenn ich mich manchmal unsinnig anspruchsvoll zeigte oder allzu geschickt... Übrigens waren auch Sie berechnend. Mir ist durchaus klar, daß die Zeremonie Sie wenig gereizt hätte, wenn ich nicht in der Lage gewesen wäre, einiges für Ihren Vater zu tun, diesen verbitterten Versager, den Sie als bedeutenden Mann hinstellen.«

»Sie haben nichts für ihn getan«, warf sie ein.

»Nach seiner Amtsentlassung nicht mehr. Dazu hatte ich mich nicht verpflichtet.«

»Und nur, um mich zur Vernunft zu bringen«, sagte sie mit einer Stimme, die gefährlich schrill wurde, »haben Sie mich wohl auch am Tag nach der Zeremonie, wie Sie sich ausdrücken, gleich nach unserer Ankunft in Cannes, einer Ihrer ehemaligen Mätressen vorgeführt, dieser gräßlich bemalten Französin, die wir auf der Croisette trafen.«

»Wieder ein Kompliment«, erwiderte er in dem lässigen Tonfall eines Mannes, der sich allzu sicher fühlt. »Es gibt wenige Ehefrauen, die man unbedingt sofort einer Mätresse vorstellen möchte.«

»Schluß, Alessandro!« rief sie plötzlich mit ungestümer Trauer. »Wir wollen die Vergangenheit nicht zu elendem Bettgezänk erniedrigen... Die Politik hat uns auseinandergebracht, sonst nichts. Vorher glaubte ich, Sie zu lieben.«

»Nein«, sagte er, »nein. Die Politik dient zwischen Mann und Frau immer nur als schaler Vorwand. Sie kannten mich... Ich war nicht so töricht, nicht in die herrschende Partei einzutreten... Außerdem, um der Wahrheit die Ehre zu geben, bewundere ich ihn, diesen ehemaligen Freimaurer, der versucht, eine Nation zu bauen... Nichts ist verächtlicher als das Buckeln vor dem Erfolg, aber da jeder Erfolg immer kurzlebig ist, nehme ich nur die Zeit vorweg, wo dieser Mann vor der Geschichte als großer Verlierer gelten wird wie alle Eroberer... Inzwischen zolle ich den praktischen Leistungen, solange sie dauern, meine Hochachtung... Imponiert er Ihnen nicht, *dieser Mann, der emporkam?*«

»Vergessen Sie nicht, daß ich ihn habe emporkommen sehen«, sagte sie mit grenzenloser Verachtung. »Mein Vater hat ihm seine ersten Artikel über die Vorzüge des Sozialismus korrigiert.«

»Glauben Sie mir, Marcella: mit den Doktrinen, die man verleugnet, geht es wie mit den Frauen, die man verläßt: sie haben immer unrecht. Sollte ich meine mühsam errungene Position aufs Spiel setzen, um Fanatikern wie Ihrem Vater beizuspringen oder Phantasten wie Carlo Stevo? Die Erfahrung lehrt unter anderem, daß die Verlierer ihre Niederlage verdienen. Aber Sinn für die politischen Notwendigkeiten ist gewiß das letzte, was man von der Mätresse des Märtyrers erwarten kann.«

»Ich war niemals Carlo Stevos Mätresse.«

»Das dachte ich mir... Glauben Sie, ich kenne Carlo nicht? ... Niemand ist geeigneter als ich, heute abend seine Leichenrede zu halten.«

»Wie?«

»Ja«, sagte er, »Carlo Stevo ist vor ungefähr vierundzwanzig Stunden auf den Liparischen Inseln gestorben.«

»Und Sie haben nicht einmal gewagt, mir ganz schlicht diese Nachricht mitzuteilen«, sagte sie empört. »Er wurde ermordet?«

»Das Wort paßt schlecht auf einen Kranken, der kein halbes Jahr mehr zu leben hatte. Nennen Sie es lieber eine Art Selbstmord.«

Er wartete auf irgendeine Reaktion, die nicht eintrat, und fuhr fort:

»Er bekam, was er gewollt hat«, sagte er und milderte die Härte des Urteils ein wenig durch den Ton seiner Stimme. »Er... er war ein Träumer, dieses Wort erklärt alles für jemand, der wie ich weiß, daß die Wirklichkeit sich nicht beiseiteschieben läßt. Für einen Stevo gab es nur eine einzige Rolle, die er erfolgreich spielen konnte, die Rolle des Märtyrers. Trotzdem, in gewisser Weise berührt die Nachricht mich doch. Wir waren befreundet, ehe... Ich verstehe, daß eine Frau ihn lieben konnte, diesen Enthusiasten, der die Welt mit den Augen des Herzens sah... Wenn Sie mich um Rat gefragt hätten«, fuhr er, bereits irritiert durch ihr langes Schweigen, fort, »hätte ich Ihnen gesagt, daß man aus einem Stevo keinen Tatmenschen machen kann, so wenig, wie ein Schwan sich in einen Greifvogel verwandelt. Freunde sagten mir, seit Ihr einander begegnet seid, sogar während seiner Reisen ins Ausland, wo er Ihrem Einfluß zum Teil entzogen war, habe man ihm an irgend etwas angesehen, daß er nicht mehr er selber gewesen sei... Er zwang sich, der Held zu sein, als den Sie ihn zu sehen wünschten... Wenn man sich dem Regime verdächtig gemacht hat, dann kehrt man nicht freiwillig in die Heimat zurück, um an den Vorbereitungen zu Gott weiß was für einem albernen Staatsstreich mitzuarbeiten... Und man vertraut seine Pläne nicht in einer schwachen Stunde einem kleinen russischen oder tschechischen Freund an, den man zufällig in einem Wiener Restaurant kennengelernt hat und der noch dazu ein Lockspitzel ist.«

»Das ist nicht wahr!«

»Carlo hat es vielleicht geargwöhnt. Er war kein Idiot, ganz sicher nicht. Aber er hatte sich von Ihnen zum Handeln verleiten lassen, war vermutlich nur zu froh, der Mühsal des Denkens enthoben zu sein... Und nachdem Sie ihn zum Handeln gezwungen hatten, konnte er sich nach Herzenslust in den Untergang treiben lassen... Und was den jungen Mann betrifft, der es so eilig hatte, Carlo in Rom wiederzusehen (ich habe diese Sache sehr genau verfolgt), und den Sie so mildtätig bei sich aufnahmen, so will ich glauben, daß er nicht nur die Absicht hatte, seine Informationen auf eure Kosten zu vervollständigen... Wer Carlo näherkannte, mußte ihn liebgewinnen... Wer dich näherkennt, muß dich liebgewinnen... Wenn der Kleine Sie nicht gewarnt hat, daß die Falle zuschnappte, so vielleicht, weil es bereits zu spät war. Und wie soll man Menschen, die man liebt, gestehen, daß man sie ursprünglich nur täuschen wollte? ... Und unser lieber Massimo brauchte das Geld der Polizei, um sich eine Mätresse zu halten.«

»Das ist nicht wahr! Das ist nicht wahr!«

»Oh doch... Ein kleines Frauchen, über die erste Jugend hinaus... Eine meiner Patientinnen... Sind Sie empört?... Es würde mich wundern, wenn Sie ihn liebten.«

»Ist das alles?« lachte sie höhnisch. »Kommen wir auf Carlo Stevos Tod zurück. Wenn Sie weitere Einzelheiten wissen, möchte ich sie erfahren.«

»Zügeln Sie Ihre Phantasie«, sagte er statt einer Antwort. »Ich sage, was mir gesagt wurde.«

Sie erwiderte nichts. Er wagte es, einen Augenblick ihre Hand festzuhalten.

»Man hat mich angerufen, als ich mich gerade fertig machte für den Empfang im Palazzo Balbo. Ich fand es besser, daß ich selber ...«

»Danke«, stieß sie mit einer Stimme hervor, die verächtlich klingen sollte, es gelang ihr jedoch nicht, das Würgen der aufsteigenden Tränen zu unterdrücken.

»Nun, nun, meine Liebe, und ich habe geglaubt, Sie würden ihm seinen Widerruf nicht verzeihen ...«

»Dieser Brief wurde ihm abgepreßt« rief sie stürmisch. »Ein Augenblick der Schwäche, die Kraftlosigkeit eines Sterbenden ... Begreifen Sie denn nicht, daß alles begraben ist, besprochen, bezahlt? Gehen Sie doch in den Palazzo Balbo und verdienen Sie sich Beifall, indem Sie das Andenken unserer Märtyrer beschmutzen.«

»Schluß damit!« rief er erbittert, außer sich sowohl über diese vorfabrizierte Sprache wie über diesen echten Schmerz. »Sei nicht so halsstarrig. Mach keinen Helden aus diesem unglücklichen Mann. Du gibst selber zu, daß ihr einander nie etwas bedeutet habt ... Jetzt bist du allein ... Tag und Nacht. Du sollst wissen, daß ich jeder Minute unseres Zusammenlebens nachtrauere, sogar den Streitigkeiten, sogar den Szenen ... Du willst dich doch nicht länger zwischen diesen Larven vergraben? ... Ah«, fuhr er leiser fort, überwältigt von dem Wunsch, sie diesem Phantom abspenstig zu machen, »laß die Parolen, die Ideen, die Parteien, die Bücher ... Erinnerst du dich an unsere erste Ausfahrt, an einem Herbstsonntag in Reggiomonte ... Damals hast du mich geliebt ...«

»Ich war verrückt nach Ihnen.«

»Das ist dasselbe.«

Er neigte sich zu ihr, umfing mit beiden Händen dieses vertraute Gesicht, hob es hoch, zog sie an sich, um sie zu küssen, weniger einem jähen Verlangen folgend, als vielmehr entschlossen, diese ungebärdige Frau zu zähmen. Sie stand auf, stieß den Stuhl so heftig zurück, daß er umfiel und die Lampenschnur aus dem Stecker riß. Nicht so sehr auf der Hut vor ihm als vor ihrem eigenen Körper, der unwillkürlich schwach wurde und pulsierte wie ein Herz, wich sie bis zur Wand zurück, blieb dort stehen in ihrem dünnen schwarzen Kleid und bückte sich nicht, um den zu Boden geglittenen Schal wieder umzulegen.

»Bleib, wo du bist«, sagte sie hart.

»Hast du Angst? Angst vor dir selber?« sagte er.

»Ich liebe dich noch immer«, erwiderte sie. »Es ist eine Schande, aber ich liebe dich noch immer. Und du weißt es sehr wohl. Aber zwischen uns ist alles aus.«

Nach diesem beiderseitigen Eingeständnis waren sie beide befangen. Marcella hob den Stuhl auf, tastete vergebens umher, um die Lampe wieder anzuschließen. Er trat an das Bett, über dem ein Heiligenbild hing, das vermutlich frühere Mieter hinterlassen hatten und vor dem ein kleines Licht, das man dort und in diesem Zimmer nicht erwartet hätte, das Dunkel wie ein verirrter Stern erhellte.

»Schläfst du hier?«

Sie nickte. Er neigte sich über das Bett und strich behutsam mit der Hand über die Decke, als folge er den Umrissen eines Körpers. Marcella zitterte unter dieser Liebkosung, die eine Erinnerung weckte. Plötzlich stießen die Finger des Arztes an einen metallenen Gegenstand, der unter dem Kopfkissen steckte. Marcella stürzte hin, um ihn ihm zu entreißen.

»Sieh mal an«, sagte er. »Die Waffe, die aus meinem Arbeitszimmer in Reggiomonte verschwunden ist... Geladen?«

»Wenn ja, dann nicht Ihretwegen«, erwiderte sie.

»Fürchten Sie sich? Das sieht Ihnen nicht ähnlich.«

Sie schwieg. Er sah, daß sie blaß geworden war bis in die Lippen.

»Und da ich mich entsinne, daß Sie früher – vermutlich, weil Sie fanden, man müsse der Partei dienen bis zum Ende – mit hochtrabenden Worten den Selbstmord verurteilten...«

»Ich verurteile ihn nicht mehr«, sagte sie. »Zu viele Leute finden keinen anderen Ausweg. Aber es stimmt, daß es bessere Arten zu sterben gibt.«

»Wozu also?«

Sie tat das einzige, worauf er nicht gefaßt war: sie sah auf die Uhr. Mit einemmal mußte er in einer Art dumpfen Entsetzens an ein Pamphlet denken, worin der alte Ardeati den Tyrannenmord für rechtens erklärt hatte. Unsicher – oder im vorhinein gewiß – zögerte er, dieser Medusa weitere Fragen zu stellen, um nicht zum Vorsatz zu machen, was vielleicht nur eine Laune war. Er sagte nur ein Wort:

»Ihn?«

»Ja«, sagte sie. »Heute abend, während der Ansprache. Auf dem Balkon des Palazzo Balbo.«

Er setzte zu einer Bewegung an, wollte ihr die Waffe wegnehmen, die sie in der Tischlade verschloß. Er gab den Versuch sofort auf.

›Sie stellt mir eine Falle‹, dachte er. ›Ich lasse mich nicht täuschen. Wenn sie es wirklich vorhätte, würde sie nicht darüber sprechen.‹

»Blödsinn«, sagte er.

»Ich weiß, daß Sie nichts tun werden, um meine Pläne zu durchkreuzen«, fuhr sie fort. »Geben Sie es zu: die Zerstörung fasziniert Sie. Sie sind viel zu neugierig auf die menschliche Seele, wie Sie sagen, als daß Sie nicht sehen wollten, ob ich wirklich bis zum Äußersten gehe. Und außerdem wäre es lächerlich, die Polizei zu informieren, daß Ihre eigene Frau in einer Stunde ein Attentat auf Julius Caesar verüben wird.«

»Caesar hat mich nicht beauftragt, über sein Leben zu wachen«, sagte er. »Können Sie schießen?«

»Erinnern Sie sich nicht mehr?«

Sie lächelten beide.

»Ein Milizsoldat wird Ihnen in den Arm fallen; der Schuß wird ins Leere gehen oder irgendeinen Gaffer aus der Menge töten, morgen werden die Zeitungen Caesars Furchtlosigkeit vor der Gefahr rühmen. Man wird noch härter gegen ein paar arme Teufel vorgehen und sie für Ihre edle Tat büßen lassen. Man wird ein paar Ausländer abschieben... Ist das der Zweck Ihres Vorhabens? Sind Sie so erpicht darauf, von einem Gardisten erschossen oder auf der Polizeiwache totgeprügelt zu werden?«

»Wie peinlich für Sie!« höhnte Marcella. »Ich trage ja offiziell noch Ihren Namen.«

›Sie ist wahnsinnig‹, dachte er. ›Wahnsinnig, und im Augenblick haßt sie mich. Ich darf sie nicht zum Äußersten treiben. Schließlich, mein Name...‹

»Glaubst du, Carlo Stevo wäre damit einverstanden gewesen?«

»Ja.«

Sie überlegte kurz und fügte hinzu:

»Es spielt keine Rolle.«

Nun begriff er, daß sie so wenig überredet werden konnte, wie man einen Gegenstand, ein Werkzeug, eine Waffe überreden kann. ›Nein, der Vergleich ist untauglich‹, dachte er. ›Sie ist kein Instrument: die Idee stammt von ihr selber.‹

»Seit wann hast du diesen Plan?«

»Manchmal glaube ich, seit eh und je.«

›Zeit gewinnen. Eine solche Spannung dauert nicht an. Sie wird in ein paar Stunden abklingen... Es sei denn... Bei ihr bleiben... Sie mit Gewalt zurückhalten... Nein.‹ Eine furchtbare Versuchung überfiel ihn, die um so heftiger war, als das Regime für ihn nur eine Tatsache bedeutete, mit der man sich abfindet, vor der man jedoch keine Ehrfurcht hegt. Sollte heute abend tatsächlich ETWAS passieren? Ist sie DAS wirklich? Mit angehaltenem Atem warten, ob die Kugel in das schwarze oder in das rote Fach rollt.

»Weißt du, was mich stört?« sagte sie, ins verächtliche Du verfallend, und setzte sich wieder an den Tisch. »Dieser gestohlene Revolver... Wenn ich Ihn töte, so verdanke ich dir seinen Tod.«

Sie schob ihm ein paar Münzen und einige Banknoten zu, die sie auf gut Glück aus einem Umschlag genommen hatte.

»Nimm«, sagte sie lachend. »Dem Kaiser geben ...«

›Ich muß mitspielen‹, dachte er und nahm eine silberweiße Münze an sich.

»Wenn Sie darauf bestehen, Marcella«, sagte er mit milder professioneller Nachsicht, die er so sorgfältig dosierte wie ein Sedativum, »ich nehme diese Münze an, wie jemand, der ein Messer schenkt und vermeiden will, daß es Unglück bringt ... Ist das alles, was du noch hast?«

»Es ist mehr als genug«, sagte sie.

»Versprich mir eines«, sagte er. »Ich versuche nicht, dir die Sache auszureden: alles würde nur von neuem beginnen, morgen – übermorgen, in einer Woche. Tu, was du willst. Geh zum Palazzo Balbo (das heißt, wenn du überhaupt durchkommst), stelle deinen Entschluß oder deine Kräfte auf die Probe. Auch ich habe meine Ansichten über die Freiheit ... Doch sollte sich keine Gelegenheit ergeben oder dich der Mut oder der Glaube im Stich lassen (es gibt keinen Glauben, der es wert wäre, daß man um seinetwegen tötet oder gar selber stirbt), dann denk daran, daß es dort oben in diesen häßlichen Sälen, hinter dem beleuchteten Balkon, unter den Gästen und den Dienern, die Getränke reichen, einen Menschen gibt, der nur zu gern *dem Beifall zollt, was du nicht tun wirst.* Wenn sich nach der Ansprache nichts ereignet hat, werde ich an der Ecke des Corso auf dem linken Gehsteig warten, vor den Mondo-Lichtspielen.«

»Um mich heimzuführen?« sagte sie mit schneidendem Auflachen.

»Ja«, erwiderte er. »Fürs ganze Leben.«

Er schickte sich zum Aufbruch an. Als er an der Tür des Zimmers vorüberkam, durch das sie Massimo hinausgeschickt hatte, drückte er unauffällig auf die Klinke. ›Sollte jemand dort drinnen sein, dann nur dieser junge Mann‹, dachte er. ›Und wenn schon, was soll's?‹

»Denk daran, daß du den Selbstmord verurteilt hast«, sagte er und senkte unwillkürlich die Stimme. »Du würdest einen begehen. Du hast nicht die geringste Chance.«

»Mehr ist mein Leben nicht wert«, erwiderte sie.

Jetzt begriff er, daß er diese Marcella, die er zu kennen glaubte, nicht kannte, daß dieser Plan für sie mehr bedeutete als ihre Liebe und ihre Streitigkeiten und daß diese Furchtlosigkeit, die das Leben so gering einschätzte, der Ausweglosigkeit des Partisanen entsprang, nicht der Verzweiflung einer Frau. ›Auch Carlos Tod hat damit so gut wie nichts zu tun‹, dachte er. Und wiederum empfand er eine leidenschaftliche Neugier, die ihm bewies, wie sehr er sie liebte.

Er zwang sich zu einem letzten Versuch:

»Ich habe einen Ruf nach England erhalten«, sagte er. »Vielleicht...«

»Nein«, erwiderte sie und drückte sich halb wider Willen in dem engen Korridor an ihn. »Ich bitte dich nur, verrate mich nicht.«

»Du verwechselst mich mit deinem russischen Studenten«, sagte er, wieder lauter.

Er griff nach seinem Hut. Marcella wollte antworten, aber sie waren nicht mehr allein. Leute stiegen die Treppe hinauf; durch die Tür, die er bereits halb geöffnet hatte, konnte man Schwatzen und Lachen hören. Er sagte sehr laut:

»Heute abend halb elf vor dem Mondo.«

Sie schloß die Tür. Sobald er im Freien war, zweifelte er aufs neue. ›Schlechtes Theater‹, dachte er. Sie dachte: ›Ich werde ihn nicht wiedersehen.‹

Marcella zögerte eine Weile, ehe sie das Licht wieder einschaltete. ›Wie müde ich bin‹, dachte sie, ›wie die Zeit sich hinschleppt... Noch eine Stunde, eher zwei, vor allem, wenn...‹ Ängstlich wie ein Geizhals kargte sie mit ihren Bewegungen und fast mit ihren Gedanken. Mit Bedacht nahm sie den Kamm, der auf dem Bord über dem Spülstein lag, glättete ihr Haar, stellte erfreut fest, wie sicher ihre Hand war. »Alessandro«, sagte sie laut, ein Name, der bereits der Vergangenheit angehörte und den sie nur mechanisch, aus alter Gewohnheit wiederholte. Sie preßte sich den nassen Schwamm aufs Gesicht; dann knöpfte sie das Kleid am Hals auf und wusch sich Nacken, Brust und Achselhöhlen, so gründlich, als könne das kalte Wasser auch ihr Blut und ihr Herz reinwaschen. ›Ich sollte mich umziehen‹, dachte sie. ›Dieser abgerissene Träger...‹ Trotz ihrer Müdigkeit lauschte sie auf die Stille und auf Geräusche im Zimmer nebenan. ›Was bildet Alessandro sich bloß ein? Daß...? Sollte der Kleine tatsächlich dort drinnen geblieben sein? ... Unmöglich.‹ Dennoch überfiel sie eine brennende Scham, als hätte sie mit Alessandro nicht nur gesprochen, sondern mit ihm geschlafen. Sie klopfte leise an die Wand.

»Bist du da?«

»Ja.«

»Warte«, sagte sie nach kurzem Nachdenken. »Ich komme zu dir.«

›Lauscht er? ... Ekelhaft‹, zwang sie sich zu denken. ›Er gehört wirklich zu *ihnen*. Alessandros Informationen sind immer zuverlässig. Nein, doch nicht‹, berichtigte sie sich, ›er hat zu *ihnen* gehört...‹ Sie strengte sich an, den gehörigen Abscheu zu empfinden, wie ein Kranker an seinem gelähmten Bein rüttelt, ohne darin ein Gefühl wecken zu können. ›Na wenn schon...‹ Massimos Anwesenheit füllte die Leere, in der sie sich noch vor wenigen Augenblicken schweben gefühlt hatte. ›Es ist genau wie diese Vertrautheit mit Carlo... Ich habe es geahnt... Ich hätte vermutlich empört sein müssen. Nein... ich bin erleichtert... Schließlich‹, dachte sie und stieß die Tür auf, ›darf ich wohl meine letzte Stunde verbringen, mit wem ich will.‹

Der Raum, den sie betrat, war völlig dunkel. Nur ganz hinten hob sich das vorhanglose Fenster ab, ein Rechteck aus weißem Licht, das von der Straßenbeleuchtung und den gegenüberliegenden Schaufenstern hereinfiel und worin sich jäh der erste Mondstrahl mischte. Das Bett stand in der Schattenzone. Massimo lag auf der nackten naphtalingetränkten Matratze; ihr Geruch, der an eine Aufbahrung erinnerte, brachte dieses kahle Zimmer mit Carlo in Verbindung. Massimo stemmte sich auf die Ellbogen hoch, wie die Statue eines Hermaphroditen, die ihren Sockel verlassen möchte, und sagte leise:

»Ich habe alles gehört.«

»Du hast uns belauscht?« fragte Marcella traurig.

»Ja... Nein... Sagen wir, ich wollte nicht fort, ohne dich wiederzusehen.«

Ein Klagelaut antwortete ihm.

»Nicht weinen... Weine ich denn? Und auch nicht rot werden. Es ist ohnehin dunkel... Du liebst ihn...« fuhr er leise, aber mit so bewegter Stimme fort, daß es wie ein Schrei klang. »Du liebst *diesen Mann aus einer anderen Welt?* Wider Willen... Du hast dein Geheimnis an diesen arroganten Dummkopf verschleudert, der so überzeugt ist, nicht närrisch zu sein wie wir, so sicher, die Welt zu sehen, wie sie ist!... Oh, du hast nichts zu fürchten: er glaubt nicht, daß du es tun wirst. Einen Augenblick hat er geschwankt, aber er glaubt es nicht...«

»Seit ich es ihm erzählt habe, glaube ich selber ein bißchen weniger daran«, warf sie ein.

»Ich habe es geglaubt, ich schon, meine Judith, ich glaube es, seit du mir ein paar ungeschickte Fragen über die Reichweite einer Feuerwaffe gestellt hast und dann in Schweigen verfallen bist; ich habe dir angesehen, daß du wirklich überzeugt warst, du könntest heute, ganz allein... Du hast mir nichts Neues gesagt... Und du hattest ihn erraten, nicht wahr, diesen Makel, der auf meiner Vergangenheit liegt? Meine Vergangenheit, was für ein albernes Wort, wenn man noch keine zweiundzwanzig Jahre alt ist... Man liest keinen streunenden Hund auf ohne zu merken, daß er räudig ist.«

»Mache ich dir einen Vorwurf? Ohne dich hätte alles sich genauso abgespielt.«

Sie hatte sich aufs Bett gesetzt. Seite an Seite und doch für einander unsichtbar hielten sie Zwiesprache mit der Nacht.

»Das tut weh, nicht wahr?« sagte er unvermittelt grübelnd, »der Tod eines Menschen?«

»Es tut noch weher, wenn dieser Mensch vor seinem Tod zu Kreuze gekrochen ist«, erwiderte sie. »Aber für mich spielt das jetzt kaum noch eine Rolle.«

»Der Haß«, fuhr er mit seiner singenden Stimme fort, »dein Haß... Wenn ein Mann und eine Frau einander beschimpfen, wie ihr beide es vorhin getan habt, dann weiß man, daß sie sich lieben... Und du hast sie doch gehört, diese haßerfüllte Frau, die ihren Carlo so sehr geliebt hat? Dein Haß... Oh, ich weiß, an guten Gründen fehlt es dir nicht: dein Vater (sonderbar, aber man kann nicht davon sprechen, daß man den toten Vater rächen wolle, ohne daß es sich anhört wie ein altes Melodram) und Carlo und der andere, der damals am Tiber-Ufer umgebracht wurde (du weißt, wen ich meine), und dessen Tod auch noch ungerächt ist. Und wäre es nur, um diese Parolen auszulöschen, die turmhoch wie die Lüge an alle Hauswände geschmiert sind, diese Stimme zum Schweigen zu bringen, die das Volk mit leerem Stroh abspeist. Aber darum geht es nicht... Du willst Caesar töten, vor allem aber Alessandro und mich und dich selber... Reinen Tisch machen... Den Alptraum abschütteln... Einen Schuß abfeuern wie auf der Bühne, damit im Pulverdampf die Kulissen einstürzen... Aufräumen mit diesen Leuten, die nicht existieren...«

»Es ist noch viel einfacher«, sagte die müde Stimme. »Als ich in Bologna Krankenschwester war, fielen immer mir die schmutzigen Verrichtungen zu, die niemand sonst übernehmen wollte. Irgendwer muß eben tun, wozu die anderen keine Lust haben.«

»... die nicht existieren. Existiert er denn, ER, diese hohle Trommel, auf der die Ängste einer Klasse und die Eitelkeit eines Volkes ihre Wirbel schlagen? Existierst du? ... Du möchtest töten, weil du existieren möchtest... Und Carlo, der gekämpft hat, dann schwach wurde, um Gnade flehte, und dann vermutlich tat, was nötig war, damit er keiner Gnade mehr bedurfte, hat er existiert? Wir sind alle nur Stoffetzen, ausgebleichte Flicken, ein Gemisch aus Kompromissen... Der Lieblingsjünger ist nicht derjenige, der auf den Gemälden an der Schulter des Meisters ruht, sondern der, welcher sich erhängte, mit dreißig Silberlingen in der Tasche... Oder doch nicht: die beiden sind eins, es war derselbe Mann... Wie die Menschen, die in ihren Träumen alle jemand anderer sind... Man träumt, daß man tötet oder getötet wird; man schießt, aber auf sich selber. Am Knall des Schusses erwachst du: das ist der Tod. Dieses Aufwecken ist seine Art, uns zu töten... Wirst du aufwachen, in einer Stunde? Wirst du begreifen, daß man nicht töten kann, daß man nicht sterben kann?«

»Wie denn?« erwiderte sie und unterdrückte ein Gähnen. »Mag sein, daß ich ihn verfehle, aber *sie* werden mich nicht verfehlen.«

Sie hörte, daß er sich wie im Fieber auf dem Bett wälzte.

»Und du nimmst dein Messer, Charlotte, und du besteigst die Diligence nach Paris, und du stößt mit aller Kraft zu wie ein Schlächter, mitten ins Herz. Ah, töten, gebären, darauf versteht ihr euch, ihr Frauen: auf alle blutigen Geschäfte... Und dein Opfer rettet keinen, im Gegenteil. Töten ist nur deine Art zu sterben!... Einstmals« – und seine Stimme hielt inne, setzte dann aufs neue ein, hastig wie im Delirium oder unter der Einwirkung einer Droge – »einstmals stürmten die Aufrührer die Tempel, stürzten die falschen Götter und bespien sie, um mit Sicherheit dem Tod zu verfallen … Und die öffentliche Ordnung wurde wiederhergestellt, wie du dir denken kannst: die Schuldigen wurden hingerichtet, und dann erbaute man über ihren Gräbern Kirchen, die Tempeln glichen … Diesen Mann, diesen falschen Gott wirst du nicht töten. Mehr noch: falls er sterben sollte, würde er triumphieren. Caesars Tod ist seine Apotheose … Aber dir ist das egal … Du hast nur dieses eine Mittel, um Nein zu schreien, wenn alle Ja sagen … Ah, ich liebe dich!« rief er plötzlich, »ich, der niemals genügend Mut oder Glauben oder Hoffnung besäße, um zu tun, was du tust, ich liebe dich … Nemesis, meine Heilige, meine Göttin, Haß, der unsere Liebe ist, Rache, die unsere einzige Gerechtigkeit ist, laß mich deine Hände küssen, die nicht zittern werden …«

Er beugte sich vor, näherte seine Lippen ihren Händen, berauscht von einer zugleich aufrichtigen und willentlich geschürten Erregung, Visionär und Komödiant in einem. Sie entzog ihm ihre Hände, aus Scham oder Verachtung, doch mit einer Bewegung, die sein Gesicht streifte.

»Du faselst nur, damit ich vergessen soll, woran ich denke«, sagte sie. »Der Brief?«

»Was ist mit ihm?«

»Sie haben ihn dir gezeigt. Also stehst du noch immer mit ihnen in Verbindung.«

»Carlo wußte es … Glaubst du, man könne sich aus einem solchen Räderwerk ohne weiteres lösen? … Ich habe euch beide beschützt, mehr, als du denkst.«

»Dich auch!« sagte sie auflachend.

Ein dünner Mondstrahl schob sich ins Zimmer, wurde oft durch die über den Himmel ziehenden Wolken unterbrochen. Massimo sah, daß Marcella sich bewegte, den Arm hob.

»Was machst du denn?«

»Ich schaue auf die Uhr. Ich darf nicht zu früh kommen, nicht dort herumstehen, auffallen. Ich habe noch Zeit.«

Und sie ließ sich zurücksinken, stützte den Kopf auf eine Ecke des Kissens.

»Möchtest du schlafen? Soll ich dich wecken?«

»Nein«, sagte sie, »so groß ist mein Vertrauen zu dir nicht.«

Eine Minute verging, die ihnen beiden erschien wie eine lange Stille. Dann stellte Marcella endlich die Frage, die ihr, seit sie das Zimmer betreten hatte, auf den Lippen brannte.

»Carlos Tod«, sagte sie, »hast du davon gewußt?«

»Nein«, erwiderte er leise, »ich habe es vorhergesehen, aber gewußt habe ich nicht mehr als du.«

»Glaubst du, daß sie ihn getötet haben?«

»Wer weiß?« sagte er mit erstickter Stimme. »Genug... Fang nicht wieder davon an.«

»Du siehst, ich habe allen Grund, heute abend hinzugehen«, sagte sie.

»Nein«, erwiderte er nach kurzem Überlegen. »Trotz allem, nein... Ich möchte, daß du lebst.«

Sie faßten sich an den Händen.

Marcella wechselte bewußt das Thema. »Weißt du, woran ich denke?« sagte sie beinah fröhlich. »An euere komplizierten Erfindungen... An das Falsche, das ihr aus einem Körnchen Wahrem fabriziert... Alessandro... Du... Und sogar Carlo bildete sich ein...Mein Vater zum Beispiel. Ja, aber ich war nicht die heroische Tochter, die Alessandro sich vorstellte... Und Sandro... Ja, ich habe ihn geliebt, ich habe ihm nachgetrauert und gegen diese Trauer angekämpft. Aber die sinnliche Liebe ist vielleicht nicht so wichtig wie man glaubt.«

»Nicht wahr?« sagte er eifrig.

›Ich lüge‹, dachte sie. ›Sogar so nah meinem Tod lüge ich. Und nichts ist so einfach, denn zugleich mit Sandro... Wenn ich bedenke, daß ich oft nicht wagte, ihm ins Gesicht zu sehen... Was macht er mit dieser Frau, die sich von ihm behandeln läßt? Von seinen Fingern liebkost werden, auf dem Kissen ein wenig höher rücken, bis sein Kopf meine Brust berührt... Was soll's? Das ist unwiederbringlich vorbei.‹

»Es führt zu nichts«, begann Massimo von neuem. »Dein Vorhaben führt zu nichts. Sie werden alles verfälschen, alles zu ihrem Vorteil verdrehen, sogar deinen Racheakt. Morgen wird es heißen: eine Irre, eine Wahnsinnige, die Frau des berühmten Arztes S., die... Auf Carlo wird noch mehr Schmutz geworfen... Und auch meiner werden sie sich bedienen, um dich zu schmähen.«

»Ist das meine Schuld?« sagte sie und entzog ihm ihre Hand.

Jetzt redeten sie nur noch mit langen Pausen, apathisch wie Reisende, die auf den Bänken der Wartesäle liegen und sich die Zeit bis zur Ankunft des Zugs vertreiben.

»Ein Kind«, flüsterte er spontan. »Ein Kind, das den Hunger gekannt hat, den Krieg, die Flucht, die Festnahme an den Grenzen ... Ein Kind, das alles gesehen, aber nicht gelitten hat. Für ein Kind ist alles Spiel ... Ein Student, der die Vorlesungen schwänzt, hier und dort Geld annimmt, wenn es ihm angeboten wird ... Der immer noch spielt, mit dem Leben und mit dem Tod ... Ein junger Mann, den man an alles gewöhnt hat ›Wie einer, für den es keine Hoffnung gibt ...‹. An dem Tag, als ich dich kennenlernte, habe ich begriffen. Du wirst vielleicht die Welt verändern, denn du hast mich verändert.«

»Nein«, sagte sie, »ich habe dich nicht verändert. Du bist, wie du bist.«

Ein wenig keuchend setzte er sich auf. Im fahlen Mondlicht schienen sein Haar und sein Gesicht aus dem gleichen zarten und blassen Stoff. Marcella wandte ihm das Gesicht zu, das ebenfalls in marmorne Weiße getaucht war.

»Hör zu«, sagte sie und legte ihm schwesterlich die Hand auf die Schulter – »vorhin, in Alessandros Nähe, habe ich einen Augenblick lang alles vergessen. Alles: Carlo und die Tat des heutigen Abends. Mehrmals ... Ah, nur einen Augenblick lang, aber dennoch ... Ich bin weder besser noch reiner als du.«

»Weißt du«, fuhr er mit leiser Stimme fort, »manchmal denke ich, daß gerade wir, die wir nicht rein sind, die gedemütigt wurden, beraubt, beschmutzt, die nie etwas besaßen und doch alles verloren haben, die kein Vaterland und keine Partei haben (nein! nein! widersprich mir nicht!), es sein könnten, durch die das Reich kommen wird ... Durch uns, die niemand mehr verführen, die niemand mehr täuschen kann ... Sofort beginnen ... Ganz allein ... Eine Welt, so neu, daß alle anderen Welten vor ihr versinken, eine Welt ohne Forderungen, ohne Brutalität, vor allem ohne Lügen... Aber es würde eine Welt sein, in der man nicht tötet.«

»Du bist wie ein Kind«, sagte sie sanft und gab nicht einmal vor, ihn gehört oder verstanden zu haben. »Und weil du wie ein Kind bist, vertraue ich dir.«

Sie räkelte sich wie eine Frau, die vom Schlaf erwacht.

»Als ich mit Alessandro lebte«, bekannte sie, »habe ich mir ein Kind gewünscht. Ein Kind von Sandro... Stell dir das vor: es wäre in einer faschistischen Eliteschule erzogen worden... Gott sei Dank... Es gibt bessere Wege, um die Zukunft zur Welt zu bringen.«

»Die Zukunft!« rief er zornig, und seine Stimme triefte plötzlich von Hohn. »Ihr seid mir entsetzlich auf die Nerven gefallen, Carlo und du, mit eueren künftigen Generationen, euerer künftigen Gesellschaft, euerer Zukunft, euerer schönen Zukunft... Ein armseliger Trost der Verfolgten... Du wirst sie in kürze aufmarschieren sehen, nicht wahr, die Leute auf der Straße, und du wirst dich fragen, ob sich mit ihnen eine Zukunft bauen läßt... Es gibt keine Zukunft... Es gibt nur einen Mann, den du töten willst, und der selbst als Toter wieder aufstehen wird wie die Figuren einer Wurfbude; der glaubt, mit Faustschlägen die Zukunft kneten zu können... Und du hörst, wie sie ihm aus allen vier Ecken Europas antworten, diese Stimmen, die zum Haß aufrufen und uns unsere Zukunft verkünden. Und Carlo, der ehrlos starb und vielleicht aufgehört hatte, an die Zukunft zu glauben, und du mit deiner Viertelstunde Zukunft... Oder nein, ich täusche mich«, fuhr er in verändertem, nüchternem Ton fort und beugte sich vor, um auf die Uhr an ihrem Handgelenk zu sehen, das sie ins schwache nächtliche Licht gedreht hatte. »Zwanzig Minuten vor zehn...Du wirst es nie schaffen, dich durch die Menge nach vorn zu drängen... Mir scheint, du mußt sie auf morgen verschieben, deine Tat, die die Zukunft verändern wird.«

»Du hältst dich für sehr schlau«, erwiderte sie. »Glaubst du, ich hätte Alessandro jemals die genaue Zeit, den genauen Ort verraten? Ich werde am Ausgang warten, auf der kleinen Piazza... In einer Mauernische hinter einer Statue.«

»Doppeltes Spiel, auch du«, sagte er zärtlich.

Sie war dennoch aufgestanden, hastig, als sei es plötzlich höchste Zeit.

»Aber in diesem Fall«, sagte er und stand gleichfalls auf, »hast du noch eine ruhelose Stunde vor dir. Leg dich wieder hin. Du bist müde«, setzte er voll Mitgefühl hinzu.

»Laß gut sein«, sagte sie. »Du hast dein möglichstes getan, um alles zu vereiteln. Du weißt, daß man nur über einen bestimmten Vorrat an Kräften verfügt und daß die meinen fast erschöpft sind. Aber fühlst du denn nicht, daß mein ganzes Leben, ja sogar unsere jetzige Verbundenheit zur Groteske wird, wenn ich es nicht tue? Man könnte meinen, du neidetest mir meinen Mut.«

»Du würdest nicht den Mut haben, es nicht zu tun. Willst du, daß ich an deiner Stelle hingehe?«

»Mein armer Kleiner!«

Voll Zorn tastete er an der Wand nach dem Schalter, wollte das Licht aufstrahlen lassen, den Dingen ihr banales Aussehen zurückgeben, das unvereinbar ist mit Heroismus und Gefahr. Sie wehrte ab.

»Dennoch möchte ich eines gern wissen, ehe ich hingehe. Carlo hat mir nie etwas über dich erzählt. Das ist... das ist eine Art Verrat.«

»Ah«, sagte er leichthin, »diese Eifersucht unter den Jüngern... Weiß ich es denn? Laß diese alten Geschichten ruhen. Wenn du schon nicht willst, daß ich Licht mache«, fuhr er fort, »dann gib mir eine Zigarette. Du weißt, wo sie sind.«

Sie holte die Zigaretten aus dem Nebenraum und gab sie ihm. Im schwachen Licht des Feuerzeugs wirkte Marcellas Gesicht sekundenlang nicht mehr marmorn, sondern wieder menschlich: das Gesicht einer Frau.

»Auch ich möchte noch etwas fragen«, sagte er. »Vorhin, diese Irre... Sie hat mich für deinen Liebhaber gehalten.«

Das Gesicht errötete jäh; er klappte das Feuerzeug zu und stellte so die Nacht wieder her.

»Du weißt besser als irgend jemand sonst, daß sie sich getäuscht hat«, sagte Marcella.

»Was beweist dir, daß ich es nicht bedauert habe?«

»Und wenn, das hätte mich in meinem Entschluß hinzugehen nur bestärkt.«

Sie ging wieder in die Küche. Er hörte, wie sie Licht machte, eine Schublade aufzog und wieder schloß, das Licht löschte. Als sie zurückkam, trug sie ein Kopftuch. Sie beschlossen, den Ausgang zur Via Fosca zu benützen. Gemeinsam durchquerten sie den Laden. Plötzlich griff Massimo ein Argument auf, dessen sich bereits Alessandro bedient hatte:

»Carlo hätte ein Verbrechen niemals gebilligt.«

»Welches Verbrechen?« fragte sie verständnislos. Dann rief sie heftig: »Schweig! Was weißt du davon?«

›Sie hat recht‹, dachte er mit kaltem Zorn. ›Sie hat ihn besser gekannt als ich.‹

Vorsichtig öffneten sie den hölzernen Fensterladen und spähten hinaus auf die leere Straße, diesen nächtlichen Fluß zwischen den Deichen der Häuser, auf dem hier und dort schwache Laternen schwankten wie Bootslampen. Diese alte Straße, die bei Tag von kleinen Leuten wimmelte, wurde bei Nacht wieder aristokratisch. Nur durch ein geöffnetes Fenster ließ irgendwo ein Radio das unschickliche Gejaule eines Schlagers ertönen. Ein paar Regentropfen fielen. Marcella zögerte, sie fror trotz der lauwarmen Luft, schauderte wie ein Schwimmer vor dem Sprung ins kalte Wasser. ›Wie allein ich bin‹, dachte sie. Und, schon die Hand auf der Türklinke, drehte sie sich zu ihrem zweifelhaften Gefährten um:

»Als ich vorhin zu dir ins Zimmer kam, hast du da nicht befürchtet, ich... ich könnte mit dir beginnen?«

»Nicht sehr«, sagte er. »In deiner Verfassung verschwendet man seine Kugeln nicht an ein niederes Wild.«

Sie schloß die Tür hinter sich. Die Fransen ihres Kopftuchs verfingen sich in einem Spalt im Holz; sie zerrte ungeschickt daran, unterdrückte einen Fluch. Er half ihr, sich loszumachen. Plötzlich flüsterte sie:

»Sag mir adieu.«

Und unerwartet küßte sie ihn.

›Ich küsse eine Tote‹, dachte er.

Dieser Kuß, fast ein Sohneskuß für ihn, fast ein inzestuöser Kuß für sie, einte das Paar nur sekundenlang in verzweifelter Gemeinsamkeit. Sogleich lösten ihre Arme sich wieder. Bitter erinnerte die Todgeweihte sich wieder einmal, daß sie zehn Jahre älter war als er. Noch ein paar Minuten lang schritten die proletarische Phaedra mit dem schönen tragischen Gesicht und der Platonsche Phaidon der Wiener Restaurants freundschaftlich Hand in Hand dahin. Endlich erwachte Marcella aus diesem Traum:

»Man darf uns nicht zusammen sehen«, sagte sie. »Wohin gehst du?«

Er zögerte eine Sekunde. Sie hoffte, daß er vorschlagen werde, ihr zu folgen, und daß sie ihn zurückweisen müßte. Aber nein:

»Nirgendwohin, wie gewöhnlich.«

Sie trennten sich. Er folgte ihr dennoch, aber in großem Abstand, so daß sie ihn nicht sehen konnte. Er hatte das sichere Gefühl, daß sie ihre Tat ausführen werde, aber es war jene irrwitzige Sicherheit, die man in Träumen empfindet. Sie schritt rasch aus, ließ ihn immer weiter hinter sich, glitt lautlos mit langen Schritten dahin, wie ein Schemen aus dem Schattenreich. Sie kam zu einer Hauptstraße; die Passanten wurden zahlreicher, nichtige Phantome, Luftblasen, menschliche Strohhalme, die im Sog einer gewaltigen Stimme schwammen. Der Höllenfluß wurde breiter, schlängelte sich in überraschenden Mäandern, führte in seinem Lauf schlaffe Wasserleichen mit, die sich für Lebende hielten. Marcella ging dahin wie eine Griechin durch den Hades, wie eine Christin durch die Höllenstadt Dis, beladen mit einer Bürde, alt wie die Geschichte der Menschheit. An der einen oder anderen Straßenecke begegnete sie vielleicht ebensolchen Nachtwanderern, die wie sie einsam waren durch ihre Überzeugungen und ihren Haß, und davon träumten, eines Tages zu tun oder getan zu sehen, was Marcella heute abend vorhatte, die ihr jedoch nur als gewöhnliche Spaziergänger erschienen, so, wie Marcella ihnen nur als eine Passantin unter vielen erschien. Denn die richtenden Götter erkennen einander nicht in ihrer Verkleidung aus Fleisch und Blut. Ein Regenguß ging nieder und klatschte ihr das dünne Kleid an den Körper; sie erinnerte sich mit mütterlicher Sorge, daß Massimo nur leicht angezogen war. Dann entschwand das Bild des jungen Mannes aus ihren Gedanken; einsamer denn je setzte sie ihren Weg fort, drängte sich immer schneller durch die Nacht, blind und taub gegen das Unwetter, vor dem die Menge bereits zurückzufluten begann. Sie dachte an ihren Vater, dann an Carlo, so kalt, als handele es sich um zwei längst begrabene Tote; nun, da ihr Glaube sich zur Tat wandelte, war es sinnlos, daß sie sich mit solchen Erinnerungen belastete. Die Umgebung der Mondo-Lichtspiele war menschenleer; Alessandro erwartete sie noch nicht oder dachte höchstwahrscheinlich gar nicht daran, sie zu erwarten. Er wohnte nicht weit von hier, vielleicht war er zu Hause; sie könnte jederzeit die Treppe hinaufgehen, sich die Tür öffnen lassen, in dieses Schlafzimmer gehen, wo das Bett ihren Körper kannte und der Spiegel ihre Erscheinung. Anstatt sie mitten in die Brust zu treffen, änderte dieses Bild einer bereits abgelegten Sehnsucht seine Bahn, zielte in die Ferne, versank im Vergessen. Von der Bürde des Fleisches befreit, war Marcella nur noch eine Kraft. Das unmittelbare Bevorstehen ihrer Tat stieß die Motive, die sie soweit getrieben hatten, oder solche, die sie vielleicht noch davon abbringen konnten, ins Dunkel: der tödlichen, unvermeidlich gewordenen Tat stand es zu, absurd zu sein wie die Dinge.

Neue Wolkenbrüche peitschten die Nacht; die offizielle

Festbeleuchtung schwankte hinter dem Regenvorhang; auf den Balkonen knatterten Fahnen wie Segel in einer Sturmbö. Auf der Piazza Balbo ertränkten die Güsse die letzten Echos der Ansprache, den Applaus und die Stille, die wie immer dem Geschrei folgt. Marcella, die an der Ecke des Corso stand, umfaßte mit einem Blick die beflaggte Fassade, die Loggia, von der aus der Gott zu der Menge gesprochen hatte, die jetzt vom Aufruhr der Elemente verjagt wurde, den Platz, wo Automobile mit vom Wasserdampf beschlagenen Scheinwerfern sich einen Weg zwischen den durchnäßten Fußgängern zu bahnen versuchten. Sie wandte sich nach rechts, bog um die Ecke, schritt die kleine Piazza di San Giovanni Decollato entlang. Mit gekrümmtem Rücken glitt die große Nachtkatze auf das Portal der Kirche zu, die an die Ecke des Palazzo grenzte, sprang auf einen Sockel, preßte sich an den Rükken einer Statue, in den engen Zwischenraum, wo die Nacht die Naht zwischen Mauer und Marmor bildete. Von dort konnte sie hinunterblicken auf die Tür, vor der, geblendet von der Regenflut, ein Grüppchen Chauffeure und Polizisten stand. Das schlechte Wetter kam ihr zu Hilfe, zerstreute die Ordnungskräfte. Der Regen spritzte rings um Marcella auf, ohne sie zu erreichen; sie war müde, fürchtete nur, zu früh oder zu spät zu schießen, suchte mechanisch nach dem Namen des Händlers, der die Waffe für sie geölt hatte. Endlich flog die Tür auf, ein Motor kämpfte gegen die Detonationen des Gewitters an; inmitten einer kleinen Eskorte von hohen Funktionären, die sich unter Salutieren und Lächeln verabschiedeten, erkannte sie mühelos den Mann, den sie sich zur Zielscheibe erwählt hatte. Aber das, was sie sah, war anders als das, was sie sich vorgestellt hatte. Anstatt eines Herrschers in Uniform, der gereckten Kinns vor dem Volk stand und die Menge faszinierte, hatte sie nur einen Mann im Abendanzug vor Augen, der geduckt zu seinem Wagen eilte. Sie klammerte sich an ihren Mordplan wie ein Schiffbrüchiger an den einzigen festen Punkt seiner versinkenden Welt, sie hob den Arm, drückte ab und fehlte.

Die Platzanweiserin richtete das rote Auge der Taschenlampe auf den Boden der Loge. Angiola zog die langen Wildlederhandschuhe aus, ließ den Mantel auf die Sessellehne gleiten und lehnte sich zurück, um sich Angiola Fides anzusehen.

Sie hatte sich sofort nach dem Diner aus den Salons des Cesare-Palace allein fortgestohlen. Zum Glück hatte Sir Junius Stein, voll Respekt für seine Vorgänger, die antiken Ausbeuter der Welt, beschlossen, die ersten Stunden seines Aufenthalts in Rom der Vergangenheit zu widmen: auf schmerzenden Füßen, vom Geschwätz des Fremdenführers so benommen, daß er Julius Caesar mit dem Papst Julius II. verwechselte, hatte er sich durch die Museen geschleppt wie durch die endlose Marmorhalle eines Bahnhofs, von wo man in alle Richtungen der Zeit reisen könnte. Zudem war, trotz seiner Bewunderung für den großen Mann, der Gedanke an einen Gang durch die Stadt in der Nacht einer offiziellen Ansprache und öffentlicher Feierlichkeiten nicht dazu angetan, ihn zu locken: man weiß nie, wie solche Veranstaltungen enden. Jetzt döste er in einem Clubsessel hinter den Börsenberichten aus Wallstreet und London, seinem Capitol und seinem Tarpejischen Felsen. Die Presse hatte von Angiola Fides' Ankunft noch nicht Wind bekommen: Angiola konnte sich also heute abend ganz der Bewunderung jener Frau hingeben, die ihr Herz höher schlagen ließ. Für diese Angiola hatte sie sich angekleidet, geschminkt, hatte ihre Perlen um den Hals und einen unnützen Pelz um die Schultern gelegt;

anstatt Rom zu Fuß zu durchstreifen, wie sie ursprünglich plante, hatte sie einen Wagen gemietet, um das Zusammensein mit diesem Phantom noch intensiver genießen zu können. Sie ließ vor der Kirche Santa Maria Minore halten, wo Angiola Fides einst gebetet hatte; sie war die Via Fosca entlanggelaufen, suchte dort das geliebte Wesen, um ihm diese Perlen, diese Nerze, diese Goldlamé-Schuhe zu geben, die sie nur für Angiola trug. Vor den Plakaten, von denen an jeder Straßenecke der allzu rote Mund Angiola Fides' grimassierte, hatte sie das Mädchen wiederzufinden gehofft, das ein paar Centesimi für den abendlichen Kinobesuch zusammenkratzte. Sie hatte sich sogar bis in den Hof des tristen Mietshauses gewagt, das ihr Idol bewohnt hatte, aber das Kinderweinen, die lauten Stimmen, der Geruch der Verbrechen, die des Abends aus den Schlupfwinkeln kriechen, und vor allem die Furcht vor einer unwillkommenen Begegnung mit ihrer lästigen älteren Schwester hatten sie davon abgehalten, hinaufzugehen: sie hatte sich damit begnügt, zu jenem Fenster hochzublicken, an das einst die Göre Angiola den zerzausten Kopf gelehnt und von all dem geträumt hatte, was sie nicht besaß. Regentropfen fielen auf Angiolas Nacken, heiß wie die Tränen eines untröstlichen Kindes. Eine unförmig fette Frau pflanzte sich auf die Schwelle und fragte die reiche Unbekannte grob, was sie in diesem Armeleutehaus zu suchen habe. Verstört stieg Angiola wieder in den Wagen und rief dem Chauffeur die Adresse eines Kinos zu, wo sie sicher war, Angiola Fides wiederzufinden. Um die Absperrungen und die wegen des Unwetters zurückflutende Menge zu vermeiden, hielt der Chauffeur in einer Nebenstraße an, wenige Schritte entfernt von einem strahlend erleuchteten Portal, an dem überlebensgroße und wunderschöne Frauenbüsten mit aggressiv entblößten Schultern prangten. Angiola kaufte eine Eintrittskarte bei der Kassiererin, dieser Kupplerin zwischen den Schatten und uns, und setzte sich in die völlig dunkle Loge wie in ein Zimmer, in dem sie das Licht gelöscht hätte, um mit jemandem allein zu sein.

Die Wand der camera magica verschwand: Wind kam auf, ohne indes auch nur einen Lufthauch in die von Spektren bewohnte Höhle zu bringen, denn auch er war nur das Phantom eines Windes. Der Saal öffnete sich wie ein Tunnel auf das Universum. Der Diktator eröffnete eine Ausstellung römischer Kunstwerke; Juden, ihrer Rasse wegen verfemt, überschritten heimlich die Reichsgrenzen; Geschütze donnerten in der mongolischen Wüste. Angiola schloß die Augen vor diesen von der Zeit bereits halb verdauten Rückständen von Ereignissen, die sich ein paar Wochen lang, von ihren Ursachen losgelöst, über die ganze Welt ergießen würden, um dann wie welkes Laub zu verfaulen. Sie war nicht gekommen, um diese Ausschnitte aus banalen Szenen zu sehen, die unter großen Kosten von der Firma Gott und die Welt inszeniert worden waren. Eine Welle von Gelächter plätscherte über die anonyme Menschenmasse; ein Clown war gestürzt, weil er, als er sich festhalten wollte, ins Leere gegriffen hatte, womit er letzten Endes nur tat, was man das ganze Leben lang tut. Endlich hörte sie ihre eigene Stimme wie ein Echo von der weißen Leinwand zurückgeworfen. Vom Licht geschminkt wie die beleuchtete Hälfte der Erdkugel drehte sich das riesige Gesicht der Angiola Fides langsam über der Nacht, in weiches Halbdunkel getaucht durch einen Beschlag, der von ihrem Atemhauch zu stammen schien, Schläfen und Stirn von einem dunklen Wald gesäumt, die Talmulden der Wangen unter den leicht vorspringenden Wangenknochen, die Seen der Augen, der Spalt der Lippen, der sich über dem inneren Abgrund öffnet. Wie vor einem Spiegel fuhr sie mit der Hand über ihr Haar, um eine widerspenstige Locke aus Angiolas Stirn zu streichen – sie hatte vergessen, daß sie inzwischen eine andere Frisur trug. In gewisser Weise sah sie nur eine Tote. Die camera magica, diese grobe Wiedergabe der menschlichen Erinnerung, würde ihr immer nur eine Angiola aus der Vergangenheit zurückgeben können. Aber sie hatte auch, in einem weniger stupiden als dem landläufigen Sinn, einen Vampir vor sich: dieses bleiche Monstrum hatte aus Angiola alles Blut gesaugt, aber nicht vermocht, Fleisch anzusetzen. Sie hatte alles diesem allgegenwärtigen Phantom geopfert, dem der Kinematograph eine künstliche Unsterblichkeit verlieh, die den Tod nicht ausschloß. Sie hatte ihre Bedrängnisse genutzt, um Angiola Fides das Weinen zu lehren oder in das Lächeln dieser Frau eine Nuance von Verachtung zu bringen. Als Halbwüchsige hatte sie ihre Träume mit den Bildern dieser Angiola angefüllt, die glücklicher, vollkommener war als sie, die sie jedoch eines Tages sein würde, eine Illusion gleich jener der Liebenden, die glauben, mit dem Gegenstand ihrer Liebe eins werden zu können. Im Sterben würde sie versuchen, einen der Tode der Angiola Fides zu imitieren. Kurz, sie waren Rivalinnen. Die eine blieb völlig oder fast völlig unberührt von den Begierden jener anderen, die nicht in der Sonne leben konnte. Als großer weiblicher Narzissus am Gestade der Lichtwellen, suchte sie vergebens das Spiegelbild der Angiola Fides.

Sie sang: der riesige Mund öffnete sich wie die Münder der antiken Masken, aus denen der Strom der Tragödien quillt. Ein Zuschauer applaudierte; er vermochte nicht zu glauben, daß dieses beredte Gesicht taub sein konnte. Unwillkürlich sang Angiola mit geschlossenen Lippen das Lied mit, das Angiola Fides aus voller Brust schmetterte. Sie lächelte, war wieder einmal fasziniert von diesem Popanz ihrer selbst: ihr Lächeln war nur ein blasser Abklatsch des unerreichbaren Idols. Ein Flötentriller sprang auf, spitz wie die Zunge eines Reptils: sie tanzte. Angiola war nur der Körper dieses gewaltigen Schattens auf der weißen Wand der Welt. Regungslos verfolgte sie die Windungen ihrer Seele aus Muskeln, ihrer Seele aus Knochen, ihrer Seele aus Fleisch. Der Teil einer Schulter, halbnackte Hüften erschienen, verschwanden dann im leeren Rechteck, bald versanken sie, bald tauchten sie wieder aus dem Schatten. Angiola wurde angesteckt von diesem sanften Beben einer verliebten Boa, unmerklich wiegte sie sich in ihrer Loge von den Hüften bis zu den Schultern, gleich einer Eva, die eins geworden ist mit ihrer Schlange.

Man sah eine Insel unter Palmen, am Ufer eines Mittelmeers, das an den Pazifik erinnerte. Man konnte das Geräusch der Wellen vernehmen, sah jedoch nicht ihre Farbe: das Sonnenlicht hatte sich in Mondlicht verwandelt. Algenib oder vielmehr Angiola Fides – denn keine Rolle konnte ihre wahre Persönlichkeit verbergen, so wie kein Kleidungsstück sie anders als nackt zeigte – pflückte im Garten zweidimensionale Granatäpfel; ihr Saft schwärzte nicht den Stahl des Küchenmessers: es waren Granatäpfel für Phantome: Algenibs Vater ertrank und hinterließ die Tochter in der Obhut einer gutherzigen Maurin. Don Ruggero hingegen mochte durchaus noch immer in seiner Anstalt dahinvegetieren, und die glanzlose Rosalia, die durch ihre Liebe die Schwester gelehrt hatte, sich selber zu lieben, bewohnte vielleicht noch immer die drei Zimmer mit Küche im obersten Stockwerk des Hauses an der Via Fosca, aber Angiola war nicht gewillt, sich mit einer Familie zu belasten, die dem geschönten Bild, das die Fides von ihrer Vergangenheit malte, Abbruch getan hätte.

Algenib tauschte einen Kuß mit einem englischen Offizier, als sie ihm zum erstenmal unter dem blühenden Hibiskus begegnete. Angiolas erster Liebhaber war kein Engländer gewesen und hatte keine Uniform getragen; er war ein Schneider aus Palermo, der sie eingeladen hatte, seine Stoffmuster zu besichtigen, und Angiola erinnerte sich, daß das Zimmer hinter dem Laden nicht völlig dunkel gewesen war und sie sich daher beim Ausziehen wegen der Löcher in ihren Strümpfen geschämt hatte. Algenib, verzweifelt ob der Abreise Lord Southseas, suchte Trost zu Füßen der Madonna, in einer Kirche voll dezent geschminkter Nonnen. Angiola war in ein Pensionat in Florenz geschickt worden, dessen grauhäutige Nonnen sie haßte. Dieser prickelnde Film, der indes so angelegt war, daß keine Zensur der Welt ihn beanstanden konnte, machte keine Anspielung auf die Unbekannten, denen die junge Algenib wohl ebenso viel Entgegenkommen gezeigt hatte wie Angiola bei ihren Eskapaden den Männern auf der Piazza Addaura oder unter den Büschen von San Miniato, aber für Angiola selber schwang diese Art von Erinnerungen mit. Ein französischer Maler mit romantischem Schlapphut, dem Algenib am Strand im rosigen Gegenlicht begegnete, trocknete zärtlich ihre perlenschimmernden Tränen. Neben diesem großen Künstler, der über soviel Feingefühl und Erfahrung mit Frauen verfügte, hätte Angiola sich leichten Herzens mit der Bürde der Treue abgefunden; unglücklicherweise hatte der Zufall ihr, in jenem Alter, in dem man noch der Dankbarkeit fähig ist, nur Paolo Farina über den Weg geschickt, der sie aus Dummheit heiratete, nachdem der kleine Marchese di Trapani sie aus Feigheit hatte sitzen lassen. Algenib verließ ihren edelmütigen aber armen Gönner und schenkte ihre Gunst einem Radschah mit blitzendem Gebiß, einem geschworenen Feind aller Engländer, der sie für seine Spionagetätigkeit einspannte. Angiola entfloh dem ehelichen Heim in Begleitung eines Tenors mit goldbekronten Zähnen. Algenib tötete in einer Londoner Bar den Leiter des Intelligence Service durch einen Revolverschuß. Angiola hatte in den Filmstudios so manchen Browning, so manchen Dolch geschwungen, aber während Algenib Treulose oder Verräter vor sich hatte, waren Angiolas Opfer immer nur Schauspieler gewesen. Algenib, als Bajadere verkleidet, warf sich vor dem Götterbild Shiwas zu Boden und bot den Blicken das wohlgerundete Hinterteil der Angiola Fides dar. Algenib schlich sich während eines Fests in der Residenz eines britischen Kommandanten in dessen Arbeitszimmer, um ein Geheimdokument zu entwenden. Eine Tür ging auf: der Luftzug des Ventilators wirbelte die Staatspapiere durcheinander. Lord Southsea richtete sein griechisches Profil und den Strahl seiner Taschenlampe auf die schattenhafte

Gestalt. Algenib fühlte die Hand dieses Unbekannten auf der Schulter und drehte sich um...

Kurz nach Angiola hatte ein Mann die Loge betreten; das Lämpchen der Platzanweiserin zeigte ihr nur schwach eine weiße Hemdbrust und ein schönes, leicht verlebtes Gesicht, das darüber grau wirkte. Er war nur gekommen, um das Unwetter abzuwarten: an ein Taxi war gar nicht zu denken bei diesem Regen und dieser Menschenmenge. Die Anwesenheit einer Zuschauerin ärgerte ihn, störte seine Einsamkeit; er setzte sich möglichst weit von ihr weg, was noch immer sehr nah war. Aber nicht nur der Regen hielt ihn vom Nachhausegehen ab. Von Marcellas Wohnung aus hatte Alessandro sich direkt zum Palazzo Balbo fahren lassen. Da er im Grunde doch überzeugt war, daß etwas passieren werde, hatte er nur rasch die Runde durch die schwer vergoldeten Prachträume gemacht, in denen es von Uniformen und Abendroben wimmelte. Von der Treppe des Portals zur Piazza aus hatte er den absurden Versuch unternommen, in der anonymen Menge den Kopf dieser Frau zu erkennen, die er beschützen wollte, ohne sie zu billigen oder sogar trotz aller Mißbilligung, so wie ein allen Göttern gegenüber gleichgültiger Skeptiker aus Liebe einer den wilden Tieren vorgeworfenen Christin beispringt. Von einer Phrase zur nächsten, von einer erhobenen Faust zur nächsten hatte er, unter dem immer drohenderen Himmel, in der schwitzenden Begeisterung der Menge abwechselnd gefürchtet, gehofft, gezweifelt, daß plötzlich ein Schuß knallen werde. Die Ansprache, die länger war als gewöhnlich, hatte unter den vom Wolkenbruch überspülten Jubelrufen geendet. Er überquerte die Fahrbahn inmitten der Passanten, die vor den Wasserfluten flüchteten, und zwang sich, das verabredete Treffen in der Vorhalle der Mondo-Lichtspiele nicht zu versäumen. Bald schon räumte er jedoch diesen lächerlichen Standort. Es war wenig wahrscheinlich, daß Marcella ihn aus freien Stücken zum Zeugen ihrer Sinnesänderung machte. Sie war gewiß wieder nach Hause gelaufen und hatte sich aufs Bett geworfen, um zu weinen oder zu schlafen. Vielleicht, dachte er, könnte eine Frau durch eine solche Demütigung zur Realität zurückfinden, zur Liebe; vielleicht würde er sie sogar bei sich, vor seiner Tür vorfinden, reizlos wie die Niederlage, durch das Eingeständnis ihrer Feigheit für ihn nur noch eine Verliebte, wie die anderen; der Ekel, den diese Vorstellung ihm einflößte, machte ihm klar, daß er an ihr nur diesen Mut liebte, den sie nun doch nicht besaß.

Die Platzanweiserin schloß die Tür hinter ihm, die Dunkelheit war wieder total; ein rotes Lämpchen, das an einer Wand glomm, erinnerte Alessandro an das Flämmchen über Marcellas Bett. Um dieses Licht zu löschen, schloß er die Augen. Er begrüßte jetzt diese Ereignisse, die den Abend für ihn zu einem grotesken Alptraum gemacht hatten, begrüßte es, daß der Regen ihn unter dieses Vordach und schließlich in diese Loge gejagt hatte, wo es wenigstens dunkel war. Marcella hatte ihren Plan vielleicht nur erfunden, um ihn zu täuschen und loszuwerden: er stellte sie sich vor, wie sie neben Massimo auf dem Bett saß, unter der Heiligen Jungfrau von Loretto, die der junge Russe vermutlich in eine Art Ikone verwandelt hatte, und wie beide über seine Leichtgläubigkeit lachten; dann verwarf er dieses Bild, nicht weil es falsch war, sondern weil er es nicht mehr ertrug.

Er öffnete die Augen wieder: Beifall klang auf wie ein Echo aus seiner Erinnerung; seine Hände verkrampften sich bei dieser Wiederholung seines Alptraums; der Film seines Lebens lief von rückwärts ab: Fahnen, die vor einer Steinfassade im Wind wogten; ein untersetzter Mann angelte im Plankton der Massen nach Begeisterungskundgebungen; Alessandro, der sich halb von seinem Platz erhoben hatte, erwartete wieder bei jedem Satz den Knall eines Revolverschusses, erinnerte sich dann jäh, daß man auf Phantome nicht schießt. Dies hier war nicht die Gegenwart, die er gerade durchlebt hatte: es war eine Wochenschau, folglich eine Woche alt. Offenen Mundes, gleich Opiumrauchern, die vor dem Eindämmern an ihren Träumen saugen, wiederkäute diese Versammlung von Süchtigen die Ereignisse der letzten acht Tage, wie die Fetzen der Wirklichkeit, die des Abends an der Schwelle des Schlafs noch einmal auftauchen. In Gestalt von Trickzeichnungen begannen die hypnagogischen Halluzinationen: geschmacklose Figuren, weniger schwer als der Mensch, folgten einander, gingen eine aus der anderen hervor wie Alessandros Angst, Begeisterung, Entrüstung und Ironie während seines erbärmlichen Wartens. Die Hochwasser der Träume überfluteten den Saal und rissen ihr Treibgut an Erinnerungen und ihre Fauna von Symbolen mit sich. Ein Clown stürzte ab, prallte gegen die Leere wie Alessandro gegen eine Abwesende. Die Heldin tötete ihren Feind durch einen Revolverschuß: die Blutlache war roter Farbstoff. Der einzige Unterschied zwischen diesem Film und dem Leben bestand darin, daß die Zuschauer im

Kino wußten, daß man sie täuschte. Es gab keine Tyrannen, weil es keine Freiheitskämpfer gab; es gab keine Menschen, sondern eine Abfolge von einzelnen Figuren mit abgehackten Bewegungen, die durch die Schnelligkeit zusammengeschweißt wurden, was die Illusion schuf, daß jemand lebte. Es gab keine Toten, sondern Schatten von Schauspielern. Alles war nur Blendwerk, leere Geste, hohler Schwulst auf einer tönenden Fläche. Eine Frau tanzte, eine Lüge, weil ungreifbar: eine Schein-Venus entstieg dem Schaum der Lichtwellen, auch sie halb nackt, aber ganz nah, lau, faßbar, von innen schwach erleuchtet durch die geheime Sonne des Blutes; die lebendige Schulter einer jungen Frau überdeckte zum Teil die Filmleinwand, war der einzige Wall, der Alessandro Sarte von so vielen Phantomen trennte. In unbewußter Nachahmung des draufgängerischen Schauspielers, zu dessen Double er wurde, legte Alessandro die Hand auf diesen zarten Fels aus Fleisch, leicht nur, nicht wie ein Draufgänger, eher wie ein Schiffbrüchiger.

Die nachtumspülte Schulter bebte leise wie eine Klippe, die der Bewegung der Wellen zu gehorchen scheint. Plötzlich hörte sie auf zu zittern, als stelle diese Frau sich gefühllos gegen jede Berührung. Steinern, aber nicht abweisend, verharrte Angiola in ihrer Rolle, fügte sich dem Verlangen, das ihre Schattengestalt geweckt hatte. Neben diesem Fremden, der sie mit ihr selber betrog, hatte sie das Gefühl, eine Rivalin auszustechen. Neben dieser anonymen Frau rächte er sich an einer Abwesenden. Während er an diesem Körper die neuralgischen Punkte der Begierde aufsuchte, stellte er wieder einmal fest, wieviel die Hand des Arztes mit der des Liebenden gemeinsam hatte:

die Passivität dieser Frau, die nach und nach der Lust wich, unterschied sich nicht wesentlich vom Zurückzucken, vom Aufbäumen oder der Fügsamkeit einer Patientin. Er verwarf diesen Gedanken, der seinem Genuß abträglich war, konzentrierte sich einzig auf das Gefühl des Kontakts mit diesem Körper, der sich ihm halb hingab, dieser Hand, die sich unmerklich bewegte wie eine Wasserpflanze. Wie ein Spiegel am Plafond eines Alkovens zeigte die Leinwand ihnen das undeutliche Bild eines Paares: der Vergrößerungsspiegel beschränkte sich darauf, einen riesigen Kuß zu reflektieren, eine voll erblühte Blume, und suggerierte so auf dem engen Raum von Lippen und Lidern die Umarmung zweier Menschen. Noch mehr Vergrößerung, und die Gesichter würden sich in kreisende Atome auflösen, denen dieser Kuß ebenso gleichgültig sein würde, wie es uns die maßlosen Lieben der Gestirne sein können. Angiola hatte den Kopf in den Nacken gelegt, sie schloß die Augen, vor denen die Sterne des Blutes tanzten. Algenib erkannte Lord Southsea: von der britischen Polizei verfolgt, erreichte das gejagte Liebespaar die See. Die Piroge versank in einem Pazifik, der dem Mittelmeer glich; die Flüchtlinge starben gemeinsam. Die große Woge der Leidenschaft flachte ab und verebbte, hob die beiden in der Lust Ertrunkenen wieder an die Oberfläche. Angiola drückte sich enger an den Mann, der sich bereits von ihr löste; Alessandro wich zurück, ein Gedanke hatte erneut von ihm Besitz ergriffen, als der Augenblick der Selbstvergessenheit vorüber war. Dieses stupide Szenario drückte aus, was für kurze Zeit seine absurde, seine geheime Sehnsucht gewesen war: auch er hatte vorhin gewünscht, mit Marcella im Orgasmus des Sterbens vereint zu sein. Auf der Leinwand erstreckte sich das Abbild der besänftigten Wasser und ertrank alsbald in einer Woge aus Dunkelheit. Dann strahlte das Licht auf, ein gelbes Licht, wie es zum Kommen und Gehen der Lebenden paßt, und er sah nur noch eine zu stark geschminkte Frau vor sich stehen, die vor dem Verlassen der Loge einen prüfenden Blick in ihren Taschenspiegel warf.

Ehe sie gesprochen hatte, glaubte er, an ihren ein wenig eckigen Bewegungen, am Schnitt ihrer Kleidung die Ausländerin zu erkennen, eine Amerikanerin vielleicht, eine jener gefälligen Touristinnen, die durch die Liebe reisen wie sie Städte besichtigen. Wie alle Frauen, die versuchen, sich ein Gesicht und eine Seele à la Hollywood zu machen, tat sie ihr möglichstes, um wie Angiola Fides auszusehen. Doch ihre schönen aber banalen Züge waren unendlich weniger ausdrucksvoll als die der erstaunlichen Schauspielerin, die noch vor kurzem die Leinwand beherrscht hatte. Eine Angiola Fides, die so gut Leidenschaft zu mimen vermochte, mußte sie auch empfinden und wecken können. Diese frivole Passantin hingegen gehörte jenem Typus von Frauen an, mit denen man sein Leben nicht belastet.

Er verachtete sie, war ihr dankbar, daß er in ihr alle Frauen verachten konnte, und doch schlug er deshalb die Lust nicht geringer an, deren Spenderin sie gewesen war. Das Englisch der Filme war für ihn, wie für viele Männer seiner Generation, eine der Geheimsprachen der Liebe. Er faßte sich ein Herz:

»Thank you, my love. It was wonderful.«

»Mein Lieber«, erwiderte sie langsam auf englisch und

fuhr dabei fort, sich die Lippen zu bemalen, »glauben Sie nicht, daß ich das mit jedem mache.«

Die Abgedroschenheit dieser vorhersehbaren Lüge erbitterte ihn. Wieder eine jener Frauen, die vorgeben, reihum in jedem Mann, wenn nicht ihren ersten Liebhaber, so doch ihre erste Liebe zu finden.

»Ich verlange keine Entschuldigungen«, sagte er gereizt.

Sie schluckte wortlos, und die kleine Bewegung ihrer Kehle verlieh ihr etwas Pathetisches. Wieder ein Mann, der aus einer schwachen Viertelstunde das Recht ableiten möchte, unverschämt zu werden, ordinär oder plump vertraulich. Sie würde sich hüten, die Bekanntschaft mit einem Passanten weiterzupflegen, dem es einfallen mochte, sie morgen in ein zweifelhaftes Finanzgeschäft zu verwickeln oder anonyme Briefe an Sir Junius zu schreiben. Nur im Film dürfen Liebende sich ohne Hintergedanken mit der Stoppuhr gemessenen Leidenschaften überlassen, die bis an ihr Lebensende dauern werden, will heißen, bis ans Ende des Streifens. Dieser belanglose Unbekannte ist weniger wirklich als Lord Southsea.

»Ein idiotischer Film, nicht wahr?« sagte sie.

»Ja«, erwiderte er. »Extrem blödsinnig.«

Das Englische errichtete zwischen ihnen eine Barriere, die keiner von beiden mehr überschreiten wollte. Ihm fiel nicht auf, daß sie es ebenso schlecht sprach wie er.

»Amerikanerin?«

Sie nickt. Nur eine halbe Lüge. Bald würde sie Engländerin sein, wenn es ihr gelänge, ihre lächerliche Ehe annullieren zu lassen und Sir Junius zu heiraten, der übrigens Australier ist. Das Geld oder vielmehr das bedruckte Papier, das heutzutage dafür gilt, das Prestige eines Adelstitels, der ebenso neu ist wie ihr eigener Ruhm als Schauspielerin des Schattentheaters, all dieser blaue Dunst für die Leser der Boulevardpresse, was könnte eine Frau, die das Leben bloß nachäffen kann, sich besseres wünschen? Angiola kommt nicht in den Genuß jener großen Gefühle, die sie in anderen so trefflich zu wecken weiß: die Lieben ihrer wirklichen Existenz enden eine nach der anderen vorzeitig, wie ihre einzige Schwangerschaft. Vor ihrem ersten Liebhaber in Palermo hatte sie Zynismus gemimt, vor Tonio di Trapani die Unschuld vom Lande. Als Paolo Farina ihr einen Heiratsantrag machte, hatte sie, noch blaß nach dem starken Blutverlust, die reuige Büßerin gespielt. Als sie Paolo an der Seite ihres Provinzcaruso verließ, hatte sie geglaubt, daß Gewissensbisse ihr besonders gut stünden. In Tripolis hatte sie als billige kleine Statistin Sir Junius Stein, dem Teilhaber der Filmgesellschaft AFA, Verzweiflung vorgespielt. Heute hätte sie diesem Neuen nur Liebe vortäuschen können.

»Italiener?«

»Auf der Durchreise in Rom.«

Lügen, die Brücken zwischen sich und dem anderen abbrechen, sich in die Lüge flüchten wie ins Innere einer Insel. Was ist eine Frau? Wird er auf angeblich traurige Augen hereinfallen? Dieser bereits halb leere, hell erleuchtete Saal weiß nichts mehr von den Bildern seiner Ekstase. ›Alles in allem‹, sagte sie sich, als sie ihn musterte, ›habe ich es ganz gut getroffen: er ist nicht übel. Trotzdem ist es besser, daß er nicht erraten hat, wer ich bin.‹

»Sehen wir uns wieder?« fragte er mechanisch.

»Unmöglich.«

Er drängte nicht weiter. Jeder von ihnen will nur noch allein sein. Sie steckt den kleinen herzförmigen Spiegel wieder in ihre Handtasche. Er hilft ihr in den Mantel: diese Seide mit dem Pelzbesatz weckt in ihm einen fast zärtlichen Gedanken an das Geheimnis ihres Körpers. Das entzauberte Publikum strömt zur Tür. Er fühlt sich weniger fern als sonst von diesen Leuten, die hierher gekommen sind, um ihren ordinären Appetit auf Romantik und Unglück zu stillen. Angiola fragt sich, wie viele von ihnen heute nacht von ihr träumen werden. Während er neben dieser Frau hergeht, bemerkt er mit einem Anflug von Stolz, daß man sich nach ihr umdreht, zumindest nach ihren Perlen.

»Soll ich Ihnen ein Taxi suchen?«

»Ich habe einen Wagen.«

Der Regen hat aufgehört. Der Chauffeur wartet in einer kleinen Seitenstraße. Beim Einsteigen muß sie sich bükken. Durch die tiefliegenden Scheiben sieht Alessandro von dieser beliebig austauschbaren jugendlichen Liebhaberin nur noch ein wohlberechnetes melancholisches Lächeln und zwei schlanke Hände, die die Handschuhe überstreifen. Wenn Marcella heute nacht zu ihm zurückkehrt (sein Verstand sagt ihm, daß es nicht geschehen wird), wird er sich Vorwürfe machen, weil er törichterweise bereit gewesen war, sein Leben in Unordnung zu bringen wegen einer armen Irren, wegen einer Simulantin, die ihn für dumm verkaufen wollte. In seiner Phantasie sieht er überdeutlich die leere Wohnung vor sich, den Sessel, in dem er es sich, einen Brieföffner in der Hand, mit einer Zeitschrift oder einer chirurgischen Abhandlung bequem machen und sich bei jeder Zeile unterbrechen wird, um sich seine alberne Leichtgläubigkeit vorzuhalten. Er wird versuchen, so spät wie möglich heimzukommen.

»Schöne Rosen... Schöne Nelken... Schöne Rosen...«

»Moment mal«, sagt er zum Chauffeur.

Während er das Geld für die Rosen in die verkrümmte Hand der Alten fallen läßt, nähern sich ein halbes Dutzend Schwarzhemden und versperren fuchtelnd die ganze Breite des Gehsteigs. Ein aufgeschnappter Satz hallt in Alessandro wider, um so mehr, als er, vielleicht ohne es zu wissen, die ganze Zeit über darauf gewartet hat. Er läßt das Auto mitsamt der Frau und den Rosen abfahren und tritt zu dem aufgeregten Milizsoldaten, in dem er einen alten Freund erkennt.

»Was, du bist das?... Weißt du, was passiert ist?«

Das teigige Gesicht des dicken Mannes sieht aus wie vom Unwetter verwüstet. Alessandro hat Zeit, sich eine überraschte Maske aufzusetzen. Unterdrückte Mutmaßungen steigen wieder an die Oberfläche seiner Furcht. Festnahme? Illegaler Waffenbesitz? Er stellt sich vor, wie das Telefon auf seinem Nachttisch im leeren Schlafzimmer unaufhörlich klingelt. Ist er in Gefahr? Alessandro hat vor ein paar Stunden seine heroischen Regungen erschöpft. Dieses ganze Abenteuer ist für ihn nur noch ein schwachsinniger Streich.

»... Total verrückt... Dein Familienname... Maria... (wie soll ich das wissen?...) ... Marcella Sarte... Aber nein: sie hat nichts gesagt... Sie hat einfach weitergeschossen, bis... Ihre Papiere... Bei ihr gefunden... Mein armer Freund, das ist eine schöne Bescherung!«

Das Geschwätz dieses wohlmeinenden Kameraden verhindert, daß Alessandros Aufregung in einen blanken

Alptraum ausartet. Hat sie ES wirklich gewagt? Da Marcella nie davon erfahren wird, findet Alessandro das Geständnis, daß er sie bewundere, sinnlos, und er würde sich selber nicht verstehen, wenn er zugäbe, daß er sie jetzt beneide. In Gegenwart dieses Tito Soundso tut er, was jeder an seiner Stelle getan hätte.

Die beiden Männer begeben sich fast im Laufschritt zum nahen Polizeirevier. In einem Raum, wo unbarmherzig grelles Licht ununterbrochen aus einer Glühbirne fließt wie das kalte Wasser aus einem Hahn im Leichenhaus, liegen zwei Gestalten nebeneinander auf dem Boden. Ein junger Mann, der einer Wehrerziehungsgruppe angehörte und zufällig von einem der fünf blindlings in die Nacht abgefeuerten Schüsse getroffen wurde, läßt den ausgebluteten Kopf baumeln. Man hat pietätvoll ein Uniformcape über das kindliche Gesicht gebreitet, das bereits in der harten Lieblichkeit des Marmors erstarrt. Neben ihm auf den Fliesen ruht eine erschlagene Frau, von der die Morgenzeitungen mit verächtlichem Mitleid als von einer Geistesgestörten sprechen werden. Diese beiden Opfer zweier verschiedener Götter wiegen einander im Tode auf. Die Mörderin sieht in ihrem schwarzen Kleid, das der Regen ihr an den Körper geklatscht hat, wie eine Ertrunkene aus. Ein wenig Blut und Speichel sind aus dem weit geöffneten Mund geflossen, aber das Gesicht ist unversehrt. Eine feuchte Haarsträhne schlängelt sich über die Wange dieser toten Medusa. Und die starren aber blinden Augen tauchen in das Nichts, das ihre ganze Zukunft ist.

Die alte Dida setzte sich unter einen Vorbau zwischen ihre beiden noch halbvollen Körbe mit den unverkauften und vom Unwetter matt gewordenen Blumen, legte ihr Taschentuch über das Haar, das in gewaschenem Zustand weiß gewesen wäre, zog die Füße unter ihren Rock, damit sie nicht in eine Pfütze hingen, und drohte dem Donner mit der geballten Faust.

In ihrer Jugend hatte Dida den Blumen geglichen, jetzt ähnelte sie einem Baumstumpf. Sie hörte schlecht; die großen knorrigen Hände hingen an ihr wie Äste; die schwerfälligen Füße klebten am Boden wie eingewurzelt. Ihre toten Kinder vermoderten auf dem Friedhof wie Novemberlaub; sogar ihre »Lieben Gotte« waren eine Art großer Blumen; das Jesus-Reis entsprang um die Weihnachtszeit, zart und frisch wie eine Schlüsselblume; zu Ostern war es groß geworden, neigte das bärtige Haupt mit der Dornenkrone und starb am Kreuzesbaum. Das war der Beweis für die Göttlichkeit, denn man lebt nicht dreißig Jahre in zwölf Wochen. Der zweite Beweis, daß Jesus der Liebe Gott war: Maria hatte ihn ganz allein gemacht. Hätte man der alten Dida dergleichen von der Mutter eines Menschen erzählt, sie hätte es nicht geglaubt. Einige dieser Jesuskindlein waren reicher als andere; ein paar konnten lesen, wie das Bambino von Ara Cœli, dem die armen Leute schreiben, wenn sie in Not sind. Manchmal waren diese Jesuskindlein freundlich, sie erhörten einen; dann wieder wurden sie taub oder ärgerlich, ohne daß man wußte, warum. Wie die Sonne, die wärmte, wenn man sich Regen wünschte, oder sich versteckte, wenn man Sehnsucht hatte nach blauem Himmel. Und dann der Wind, der bald weht und bald nicht, denn diese ganze Welt ist eine einzige große Unberechenbarkeit. Und der Mond, der nach Lust und Laune die Form wechselt, und das Feuer, das entflammt, denn dazu ist es gemacht. Zu alledem kam noch der Staat, der immer sagt, daß man ihm Geld schulde und in Kriegszeiten die Menschen umbringen läßt, aber so ist es nun einmal, und schließlich muß es die Mächtigen geben zum Herrschen, und die Reichen, damit sie die Armen arbeiten lassen. Und da war noch der Diktator, den es früher nicht gab und den der König ernannt haben soll, damit er sozusagen an seiner Stelle regiert. Er tut viel für das Land, aber er ist hart gegen Leute, die gegen ihn sind (den jungen Belotti hat man in Handschellen abgeführt, eine traurige Geschichte), doch er hat recht, weil er der Stärkere ist. Und da ist Rom, wo die alte Dida seit fünfunddreißig Jahren Blumen verkauft, und auf der ganzen weiten Welt hätte man keine größere und schönere Stadt finden können als Rom, und deshalb kamen so viele Fremde hierher. Und auf der anderen Seite von Rom – nicht auf der Seite von Ponte Porzio – war das Meer, das Dida nie gesehen hat, aber ihr Sohn Nanni war darüber gefahren, um nach Argentinien auszuwandern, und die Kinder ihrer Attilia fuhren in den Ferien manchmal am Sonntag mit dem Bus hin. Und rings um Rom ist schlechte Erde, auf der gerade noch Schafsweiden gedeihen, aber dort sind auch Landstraßen mit Lastwagen und Staub, weil das der Fortschritt ist, und Fabriken, jedes Jahr noch mehr, und Sehenswürdigkeiten mit Restaurants, wo die betuchten Leute hingehen. Und hier und dort sah man auch Gemüsegärtnereien und Felder, auf denen die Blumen in dichten Reihen wuchsen, um in Rom verkauft zu werden, und Treibhäuser, die in der Sonne funkelten, wie das Treibhaus, um das sich jetzt ihr Sohn Ilario kümmerte. Dann, viel weiter entfernt, in der Richtung, wo Florenz liegt und wo ihre Tochter Agnese mit ihrem Mann, dem Kutscher, lebte, gab es Berge und im Winter Schnee. Und, so weit man gehen mochte, in allen Richtungen, war einfach Erde und Himmel. Und inmitten all dieser Dinge, die um so klarer wurden, je näher sie ihr waren, war sie selber, die alte Dida aus Ponte Porzio.

Fragte man sie, wo oder wann sie geboren sei, so antwortete Dida, in Bagnani, am Anio, vor ziemlich langer Zeit, sogar noch ehe der König in Rom einzog. Sie hatte so viele Geschwister gehabt, daß deren Namen ihr entfallen waren; die Mutter war früh gestorben; Dida hatte an ihrer Stelle alle diese Lämmer des Lieben Gottes hüten müssen, aber zum Glück sorgt auch der Liebe Gott für die Seinen: die Weingüter warfen damals gute Gewinne ab. Auch war sie, so sonderbar das klingt, ein schönes Mädchen gewesen, mit Brüsten unter dem Hemd, die rund waren wie Liebesäpfel. Sie hatte Fruttuoso geheiratet, den ehemaligen Gärtner der Villa Cervara, der wegen eines Streits mit der Herrschaft den Dienst verlassen hatte; sie kauften in Ponte Porzio ein Stück Land, um Blumen en gros zu züchten. Fruttuoso verstand mehr als irgend jemand von Sämlingen, vom Versetzen, vom Schnitt, von Ablegern. Kinder waren gekommen, vielleicht acht oder vielleicht neun, einschließlich derer, die vorzeitig geboren wurden oder die nur ein paar Tage gelebt hatten, aber die waren kleine Engel geworden. Wieder mußte sie alle diese Lämmer des Lieben Gottes aufziehen, sie waschen und nähren, ihnen eins hinten drauf geben, damit sie gute Manieren lernten, ihnen beibringen, wie sie mit neun Jahren, nach der Schulentlassung, ihr Brot verdienen konnten. Fruttuoso kutschierte frühmorgens in seinem bemalten Pferdekarren zum Blumenverkaufen nach Rom; am Vormittag fuhr er schlaftrunken über die ebenen rosafarbenen Straßen wieder heim; sein Pferdchen kannte den Weg. Eines Tages stürzte sich an einem unbeschrankten Bahnübergang der Schnellzug wie ein Wolf auf Mann und Gespann, begrub das Gebimmel der Glöckchen. Für das kleine Pferd endete die Fahrt beim Abdecker, für Fruttuoso auf dem Friedhof unter einem Kranz aus Messingdraht, der länger hielt als echte Blumen und ebenso viel Effekt machte.

Dida erlebte harte Zeiten, die allmählich in ihrer Erinnerung mit den harten Zeiten des Weltkriegs verschmolzen, in dem ihr Ältester bei Caporetto gefallen war. Obwohl die Kinder damals schon alt genug waren, um ihrer Mutter zu helfen, hatte sie für die schwere Arbeit einen Mann eingestellt; nach Ablauf von zehn Monaten gab es wieder eine Taufe zu feiern: er war kein übler Kerl, dieser Luca, aber er konnte besser mit Frauen umgehen als mit Blumen. Die Kinder wurden größer; mit den Jahren wuchs Didas Geiz, nicht aber ihre Liebe; sie hatte es satt, diesen Habenichts durchzufüttern, der einmal aus schierer Faulheit alle ihre Rosen hatte eingehen lassen, aber aus Furcht vor seinem scharfgeschliffenen Messer wagte sie nicht, ihn wegzuschicken. Endlich gelang es ihren drei Söhnen, Luca den Gedanken an eine Trennung mittels

Faustschlägen auf den Kopf einzuhämmern. Eine heulende Dida geleitete ihren drohenden und mit Pflastern beklebten Luca bis zur Wegbiegung; ihre Tränen flossen wie das Wasser in den Abzugsgräben; sie verfluchte diese Hunde von Söhnen, die ihrer alten Mutter das Herz brachen; sie habe kein Geld, um Luca zum Abschied eine neue Jacke und eine Mütze zu schenken; sie sei untröstlich über sein Weggehen. Er wußte, daß sie log; sie wußte, daß er ihr nicht glaubte: ein paar Nächte lang blieb die ganze Familie wach, aus Angst, Luca könne zurückkommen und Feuer legen oder das Treibhaus verwüsten, aber er begnügte sich damit, anderswo eine Anstellung bei einer Witwe zu suchen.

Jetzt konnte Dida ihren Geiz nur noch an den Kindern auslassen: dem einen den Tabak und ein paar Lackschuhe für den Tanz am Sonntag verweigern, der anderen ein Band, Pomade oder ein Stück Seidenstoff. Der Sohn Nanni wurde ihr von der Eisenbahn entrissen, wie sein Vater: er bestieg den Zug nach Neapel und das Schiff nach Buenos Aires. Agnese, die als Zimmermädchen nach Florenz gegangen war, tat sich mit einem Lohnkutscher zusammen, einem ordentlichen Menschen, die mißratene Tochter aber schickte schon seit zehn Jahren keinen einzigen Brief und keine Geldanweisung mehr. Attilia hatte diesen Nichtsnutz Marinunzi geheiratet. Nur Ilario, der war ein guter Sohn: er wußte, daß Blumen bares Geld sind. Und die beiden Töchter, die noch geblieben waren, scheuten keine Arbeit; die jüngere, die von Luca, war nicht ganz richtig im Kopf, aber dafür arbeitete sie am fleißigsten. Diese beiden, wahre Vogelscheuchen in Männerschuhen und verblichenen Kitteln, gelb und runzelig wie alte Weiber, standen vor Morgengrauen auf, um die Sträuße zu binden, werkten den ganzen Tag, gingen mitten in der Nacht zu den Treibhäusern, um Strohmatten aufzulegen oder die Öfen zu versorgen: es bestand keine Gefahr, daß ein Liebhaber sie ihrer Mutter Dida entführen würde. Und ihrem Ilario hatte Dida energisch vom Heiraten abgeraten; die Familie war schon zahlreich genug, und die Mädchen von heute sind miserable Hausfrauen. Ein Teil des Besitzes war als Baugrund für ein Mietshaus verkauft worden, denn Ponte Porzio war inzwischen nicht mehr nur flaches Land: auf dem verbliebenen Grund wurde das Treibhaus vergrößert. Zu Ilarios Kunden gehörten große Blumenläden an der Via Veneto; Dida hätte nicht mehr jeden Tag als Straßenhändlerin nach Rom fahren müssen, wie sie es seit ihrer zweiten Witwenschaft immer getan hatte.

Aber sie war an Rom gewöhnt; sie ließ sich gern jeden Morgen von Ilarios Lieferwagen an der Marmorstufe vor dem Portal des alten Palazzo Conti absetzen, zwischen dem Kino, das seit zehn Jahren das Erdgeschoß links einnahm (und für den Blumenverkauf günstig war) und dem Café Imperio zur Rechten in der Seitenstraße, dessen Inhaberin Dida erlaubte, daß sie über Nacht die Eimer mit den nicht verkauften Blumen hinten im Korridor abstellte. Dida mochte den Lärm, und hier gab es mehr als genug; sie mochte dieses Stadtviertel, wo sie ebenso eine Rolle spielte wie die Principessa, die in der Beletage des Palazzo wohnte und jeden Vormittag um ihre Blumen feilschte. In den dreißig Jahren, in denen sie nun schon auf dieser Stufe ihren Stand hatte, hatte sie viele Veränderungen mit angesehen: das große weiße Denkmal dort drüben am Ende des Platzes war vor ihren Augen aufgewachsen; sie hatte einen König und drei Päpste überlebt. Sie mochte ihr Gewerbe: sie verstand sich darauf, den Leuten schlau zuzulächeln, damit sie glaubten, daß sie sie kenne; sie hatte gelernt, die Ausländer zu erkennen und wußte genau, daß die sich selten das Wechselgeld herausgeben ließen, weil es zu kompliziert war, und außerdem waren sie alle reich. Sie wußte, wer ihre Blumen für das Krankenhaus kaufte oder für den Friedhof, wer für die Verwandten, vor allem an Mariae Namen und am Johannistag, oder für eine Schöne oder zur eigenen Freude, weil die Sonne schien oder im Gegenteil, weil es trüb war oder manchmal einfach, weil er oder sie Blumen liebte. Sie mochte das kleine Café, wo sie um Mittag einen Espresso trank und ihre stark duftende Mahlzeit aus dem Zeitungspapier wickeln durfte. Die Heimfahrt mit dem letzten Autobus, dessen Fahrer sie grüßte, mochte sie auch. Danach ging sie zu Fuß den halben Kilometer auf dem Feldweg bis zu ihrem Haus mit den stets dicht geschlossenen Jalousien; sie beeilte sich aus Angst vor Überfällen. In der Küche, wo Tullia oder Maria mit zerzausten Haaren eiligst das Nudelgericht aufwärmten, hörte man, wie Dida ihren Stuhl über den Fliesenboden schleifte und über diesen Schweinestall von einem Haus schimpfte und Gottes Zorn auf diese nichtsnutzigen Kinder herabrief, die weniger arbeiteten als sie.

Sie galt als böse: sie war hart wie die Erde, geizig wie eine Wurzel, die Halt und Nahrung sucht, indem sie im Dunkeln die schwächeren Wurzeln erwürgt, gewalttätig wie das Wasser und genauso heimtückisch. Für Generationen von Pflanzenwesen war sie die gütige Mutter und die unerbittliche Parze gewesen, aber diese Anemonen, Ranunkel oder Rosen waren für sie immer nur Rohmaterial, etwas, das aus dem Boden und dem Dünger wächst, das man großzieht und abschneidet, um davon zu leben. Ihre Männer hatte sie stets ausgenutzt, zu Lust und Arbeit, sie waren ihre Werkzeuge gewesen. Sie hatte gejammert und gegreint über ihre Abwesenden und ihre Toten und sie dann vergessen, wie ein Tier den verschwundenen Stallgefährten vergißt und den Wurf, den man ihm wegnimmt. Diejenigen ihrer Kinder, die ihr geblieben waren, hatte sie dazu dressiert, allen Verdienst abzuliefern, wie Hunde, die Wachteln apportieren. Sie vergrub das Geld in Verstecken, die sicher waren vor den Gelüsten Attilias und ihres Lumpen von Ehemann, und sogar Ilario tat aus Respekt, als habe er keine Ahnung. Aber das beste Versteck war der speckige Lederbeutel, den sie um den Hals trug und der, gleich der Heiligen Wegzehrung, die säuberlich gefalteten Geldscheine der Familie barg. Der Beutel war ihr Skapulier, ihr Jesus, ihr Lieber Gott, der sie niemals würde Not leiden lassen. Wegen dieses Beutels würde ihr Schwiegersohn Marinunzi sie eines Tages abstechen, oder Luca würde sie bestimmt auf dem Feldweg umbringen, oder vielleicht würde ihr sogar Ilario, den man mit einem Strick in der Hand hatte umherstreifen sehen, den Garaus machen, angestiftet von einem gewissenlosen Weibsstück; und Dida träumte von Mördern, wie die alten Bäume vielleicht von Holzfällern träumen.

»Dida, dich wird der Teufel holen«, hatte Hochwürden Cicca, der Pfarrer von Santa Maria Minore an diesem Morgen gesagt, als er vor den wohlgefüllten Körben stand und nach den Rosen schielte, die er gern für seine Kapelle der Unbefleckten Empfängnis gehabt hätte.

Dida fuhr wortlos fort, den Bindfaden abzubeißen, mit dem sie ihre Sträuße bündelte.

»Du wirst in die Hölle kommen«, begann er aufs neue, »weil du nämlich jetzt schon drin bist. Am Jüngsten Tag wirst du mit geschlossener Faust auferstehen, wie alle Geizhälse, und die ganze Ewigkeit lang wirst du vergeblich versuchen, die Hand zu öffnen. Denk daran, Mamma Dida, ein ewiger Krampf! Nie hast du ein Geldstück lokker gemacht für eine Messe zum Seelenheil deiner teuren Verstorbenen; du bist hart gegen dich selbst und böse zu den anderen; niemand hat je gesehen, daß du einem Hund eine Brotkruste zugeworfen hättest. Eine gute Tat, Dida, schenk mir deine Rosen für die Heilige Jungfrau!«

»Von wegen!« knurrte die alte Dida. »Sie ist reicher als ich, euere Heilige Jungfrau!«

Aber ihr runzeliges Gesicht glättete sich, lächelte den kleinen Pfarrer Cicca, ihren Landsmann, an, der ihr vor dreißig Jahren diesen guten Platz unmittelbar bei Santa Maria Minore verschafft hatte. Dida hätte ihm gern etwas für seine Heilige Jungfrau gegeben, wenn sie etwas gehabt hätte. Aber sie hatte nie etwas gehabt, und der nicht allzu enttäuschte Priester ging weiter. Seine Füße steckten in viel zu großen Schuhen, die schmutzige Soutane schleifte über das Pflaster, und am Arm zog er seinen mürrischen Freund, den blinden Organisten, mit sich. Diese beiden Männer zankten sich ständig und waren unzertrennlich: Santa Maria Minore war ein Zufluchtsort für den Blinden, und dieser wiederum ein Schatz für Hochwürden Cicca. Mehr noch, sie mochten einander, die Gewohnheit hatte sie zu einem alten Brüderpaar gemacht. Ihre Schicksale waren ähnlich: wohlmeinende Leute hatten den Blinden zum Musiker ausbilden lassen, weil man dazu keine Augen nötig hat, und Hochwürden Cicca war Geistlicher geworden, weil fromme Menschen seinen mittellosen Eltern angeboten hatten, das Studium zu finanzieren. Indes fügte es sich, daß der Blinde wirklich musikalisch begabt und Cicca ein wahrer Gottesmann war. Wie jedes menschliche Glück war auch das Glück der beiden Männer unvollkommen und zerbrechlich: der Organist litt im Winter unter der Eiseskälte der Kirche und das ganze Jahr über unter der Enttäuschung, nicht von dem berühmten Kirchenchor von Santa Cecilia zum Spielen eingeladen zu werden; sogar die Musik hatte ihre hohlen und unerquicklichen Stunden, in denen Bach nur ein schwieriges Getöse war; dann wieder stieg der mittelmäßige Musiker auf den Flügeln einer Fuge zum Himmel auf. Hochwürden Cicca hatte sein Kreuz mit dem Bischof, mit seiner Familie, die ihm zur Last fiel, und ein kindliches Verlangen, das ebenso heftig war wie die Leidenschaften eines Lüstlings, nach Dingen, die er nie besitzen würde: nach einer schönen goldenen Uhr, einem neuen elektrischen Lüster für seine Kirche, einem kleinen glänzenden und lärmenden Auto, wie es deren die Menge auf den Straßen Roms gab. Doch des Nachts erwachte der alte Priester plötzlich freudetrunken auf seinem harten Lager und stammelte: – Gott... Gott..., entzückt wie über eine immer wieder neue Entdeckung, die er allein gemacht hatte und keinem seiner Schäflein mitteilen konnte, nicht Dida, die nur das Geld liebte, nicht Rosalia di Credo, die nicht wußte, daß Gott überall war und nicht nur auf Sizilien, nicht der Principessa di Trapani, die sich wegen der Schulden ihres Sohnes quälte. – Gott, flüsterte er – Gott.... Er seufzte, schämte sich, Gott zu besitzen wie ein Privileg, wie ein Gut, das er nicht nach eigenem Ermessen teilen konnte und das er doch nicht mehr verdient hatte als jeder andere. Und, ganz so, wie Didas Geld von Bösewichten gefährdet wurde, so wurde der Himmel des Organisten von Taubheit bedroht und der Himmel des alten Priesters von Skrupeln getrübt.

Es donnerte noch immer; Dida zog den Kopf ein, sie fürchtete sich vor dem Blitz, der blindlings zuschlug, als sei niemand unschuldig. Zum Glück war jedoch das Unwetter zum Meer abgezogen; in Rom regnete es nicht mehr, auch nicht auf die Felder von Ponte Porzio. Doch dieser Tag mit den Wolkenbrüchen war schlecht fürs Geschäft gewesen. Und politische Kundgebungen, die mußten sein, aber den Blumenverkauf förderten sie nicht. Seit neun Uhr abends hatte Dida nur die Tausende von Rücken jener Leute gesehen, deren Gesichter sich einer von ihrer Ecke aus nicht einsehbaren Stelle des Platzes zuwandten. Rufe und Applaus waren nur als gewaltiger unbestimmter Lärm zu ihr gedrungen. Dann hatten die Regengüsse und die zurückflutenden Menschenmassen sie gezwungen, in den Korridor des Cafés zu flüchten, und als die Straße endlich wieder aussah wie in jeder Nacht, war der letzte Autobus nach Ponte Porzio längst vom Bahnhofsplatz abgefahren. Natürlich hätte sie in Trastevere bei Attilia übernachten können, die ihr Viertes erwartete, aber das war weit und sie wollte lieber keine Gefälligkeit von diesem gottlosen Marinunzi. Am einfachsten war es noch, an

Ort und Stelle auf die morgendliche Ankunft von Ilarios Lieferwagen zu warten; sie könnte ja den Rest der Nacht im Hof des Palazzo Conti verbringen, denn sie war mit der Hausmeisterin bekannt.

Aber vielleicht sollte sie, ehe das Café Imperio zumachte, die Toilette im Korridor aufsuchen, deren Benützung die Wirtin ihr erlaubt hatte. Diese Toilette gehörte für Dida zu den größten Vorteilen ihres Hausrechts. Der Ort hatte einen eigenen Charme, den man empfand, sobald man auf die Spiegeltür zuging, aus der eine alte Frau ihr entgegenkam, eine Frau, von der Dida wußte, daß sich dreißig Jahre zuvor so mancher Mann nach ihr umgedreht hatte; man saß dort bequem, mit hochgeschlagenen Röcken unter der elektrischen Beleuchtung, vor Luft und Wind geschützt, und sogar das Geräusch des Wassers, das ständig lief, weil die Spülung undicht war, war ein Luxusgeräusch, wie man es in Ponte Porzio nicht zu hören bekam, denn dort war zwar ausreichend für die Bewässerung der Blumen gesorgt, aber im Haus gab es kein fließendes Wasser. Doch man mußte darauf achten, daß man alles sehr sauber hinterließ, vor allem hier, wo so viele Fremde kamen. In dem Augenblick, als Dida wieder auftauchte, kam die Besitzerin des Cafés, um die Korridortür zu verschließen. Sie war unter ihrem wohlgeglätteten Haar totenbleich.

»Was für ein schrecklicher Abend, Dida! Jemand hat auf IHN geschossen, vor dem Palazzo Balbi... Ein Gast hat mir erzählt...«

»Ja, ja, wirklich kein Wetter für diese Jahreszeit«, erwiderte Dida, denn sie weiß, daß die meisten Leute fast immer über das Wetter reden.

»Hören Sie nicht? Ich sage, jemand hat auf IHN geschossen!« schreit die Wirtin, die ihre Erregung genießt, ihre Entrüstung, ihre Schreckensnachricht. »Der Gast hat die Einschläge der Kugeln in der Autoscheibe gesehen... Es hat wenig gefehlt... Eine Frau, stellen Sie sich vor! Und jung, heißt es... Wieder ein Anschlag dieser bornierten Anarchisten, Sozialisten, Kommunisten und was weiß ich, die alle Geld aus dem Ausland kriegen... Man war zu nachsichtig, Mamma Dida. Die Frau? Klar, sie ist tot: ging gar nicht anders. Sie hat sich gewehrt, hat nicht aufgegeben... Angeblich sollen es sogar Granaten gewesen sein, keine Kugeln... Vor dem Eingang von San Giovanni Decollato soll alles voll Blut sein... Eine ganze Blutlache... Gute Nacht, Dida, ich werde heute kein Auge zutun...«

Langsam, mit unsicheren Schritten, geht Dida wieder zu ihrer Stufe und setzt sich vor das geschlossene Tor zwischen ihren Blumensträußen, die sie vergessen hat, ins Kühle zu stellen. Sie hat Angst, so große Angst, daß sie nicht wagt, aufzustehen, wegzugehen, dem jetzt völlig dunklen Platz den Rücken zu kehren. Und sie ist allein... Die Wirtin ist verschwunden, sie hat gar nicht daran gedacht, daß Dida zu so später Stunde keinen Bus mehr bekommt, aber sie hat natürlich anderes im Kopf als Dida. Was für eine schreckliche Nacht! ›Das ist keine Welt für einen Christenmenschen‹, denkt sie, ›sogar die Tiere würden gescheiter sein... Auf IHN schießen, dem der König die Macht übertragen hat. Das ist ein Verbrechen... In einer solchen Welt kann es nicht mehr gutgehen. Es geht sogar noch schlechter als damals, als der König ermordet wurde, im Todesjahr des armen Fruttuoso. Und diese

Frau...‹ Didas Herz zieht sich ein bißchen zusammen. ›Eine Blutlache... Mumm muß sie schon gehabt haben, daß sie so etwas hat tun können. Vielleicht ist ihr Unrecht getan worden...‹ Verstohlen, scheu, als könne jemand sie beobachten, macht Dida für die Tote das Kreuzzeichen, das kostet nichts, und eines Tages wird es gut sein, wenn jemand das gleiche für sie tut und dazu ein kurzes Gebet spricht.

Dida kauert sich noch mehr zusammen, als gelte es, so wenig wie möglich gesehen zu werden. So nah, nur ein paar Schritte von hier, auf der anderen Seite des leeren Platzes, wo nur noch die Polizisten wie gewöhnlich ihre Runden machen, immer zu zweit... Ja, aber gewiß hat man schon Sand über das Blut gestreut. Trotzdem, der Tod war hier vorbeigekommen; er hat IHN nicht mitgenommen, aber er hat diese Frau mitgenommen; vielleicht sucht er noch jemanden. Wenn es Zeit ist, kann man nichts machen... Und was ist ihm heute früh wohl eingefallen, diesem Hund von einem Pfarrer, daß er sagte, sie werde mit geschlossener Faust auferstehen? Dida, die nicht weiß, daß Hochwürden Cicca auf Dante anspielte, bewegt langsam die knotigen Finger, die sich in der Tat nie ganz öffnen. Na und? Sie ist nicht geizig; sie ist nur arm. Man muß sein Geld zusammenhalten, damit man in Zeiten des Unglücks nicht anderen zur Last fällt. Und es stimmt, daß sie hart ist zu ihren Kindern, um diese Faulpelze nicht noch zu mehr Müßiggang zu ermutigen, aber es steht Cicca nicht zu, sie herzlos zu nennen. Dabei weiß er zum Glück nicht einmal, daß sie gestern abend bei ihrer Rückkehr den alten Luca in der Küche vorfand, wo er ihren guten Wein trank und vor Freude und Rührung ein paar Tränen ins Glas fallen ließ: mit Hilfe Tullias und Marias hat sie ihn vor die Tür geschleift; am Morgen haben die drei Frauen ihn gewaltsam ins Hospiz zurückgebracht, erbost wie Bienen über eine halberfrorene Hornisse. Das ganze Dorf wäre über Dida hergezogen, wenn sie diesen Lumpen im Haus behalten hätte, aber wer weiß? Hochwürden Cicca würde vielleicht sagen, es sei ein Verbrechen gewesen, ihn fortzujagen. Und weil sie genügsam ist und auch sich nichts gönnt, wirft dieser Unglückspfarrer ihr vor, sie liebe sich selber nicht. Das Wetter bessert sich, man sieht ein kleines Stück Mond, aber Blitze leuchten noch tief am Horizont, am Ende der Straße, und diesmal auf der Seite von Ponte Porzio. Dida legt die Hand auf das kleine Ledersäckchen, das sie unter ihrem Kleid um den Hals hängen hat, und denkt an Marinunzi und sein Messer. Vielleicht schlägt in diesem Augenblick der Blitz in ihr Treibhaus ein oder ein Landstreicher pirscht sich an, um Feuer zu legen, und alle glauben, es sei der Blitz gewesen. Beim Jüngsten Gericht wird Gott alles Unkraut verbrennen.

Dida streckte vorsichtig wie eine Schildkröte den Kopf aus dem Schal und spähte in die Nacht. Die Kinos und Cafés waren nur noch dunkle Häuser. Die Pfützen dort drüben auf dem unebenen Pflaster waren nur Wasser vom Himmel. Ganz in Didas Nähe schleppte sich ein alter Mann, eine Art verschämter Armer, an der Mauer entlang, ohne darauf zu achten, daß die Regenröhren auf seine Pelerine spien. Die Laterne am Eingang des Palazzo Conti beleuchtete große blasse Augen, einen schütteren Bart, viel zu lange Haare unter einem formlosen Hut. Der Mann sah aus wie ein armer Lieber Gott. Gefährlich war er sicher nicht; keiner von diesen verdammten Bettlern, die stehlen und Feuer legen; und in einer solchen Nacht war man froh, einen lebenden Menschen zu sehen. Die Armen, die Dida kannte, waren Schufte und verdienten keine Hilfe; aber dieser Unbekannte war anders. Er hatte Dida angesehen wie ein Mann, für den Gesichter tönen wie Stimmen und einen Sinn haben wie Wörter. Dida, die diesen Blick für eine Bitte hielt, entschloß sich zu einem guten Werk, spontan, wie eine Frau, die sich leichter einem Zufallsbekannten hingibt, weil dieser Rausch kein Morgen kennt. Sie kramte in ihrer Schürze, zog das Zehn-Lire-Stück hervor, das ein verliebter Kunde ihr am Ausgang des Kinos achtlos zugeworfen hatte, und reichte es großspurig diesem Bedürftigen.

»Nimm, Alter. Das ist für dich.«

Der überraschte Mann nahm die Münze, drehte sie um, steckte sie schließlich ein. Einen Augenblick hatte Dida gefürchtet, ihr Opfer werde verschmäht. Er nahm es an: ein gutes Zeichen. »Zehn Lire«, grummelte sie, »das ist doch wirklich kein Pappenstiel.« Sie stellte fest, daß es nicht mehr donnerte, und guten Mutes, mit ihrem Gewissen und den unsichtbaren Mächten im reinen, sammelte sie ihre Körbe auf und verzog sich zu einem Nickerchen in den Hof des Palazzo Conti.

Clément Roux nahm den Schlapphut ab und trocknete sich die Stirn. Er war vom Regen durchnäßt und in Schweiß gebadet. Ein blanker Mond füllte den reinen, vom Gewitter frisch gewaschenen Himmel. In den leeren Straßen herrschte eine zauberische Ruhe: fahle Breschen, Schattenkorridore öffneten an den berühmten Aussichtspunkten Durchblicke auf eine andere Welt; die Denkmäler nahmen eine neue Jugend oder ein zeitloses Alter an; ein Kran am Fuß einer Mauer glich mit seinem Steinblock zwischen den Zähnen einer antiken Wurfmaschine; Pfeilerstummel und über die Steinplatten verstreute Säulenreste erinnerten an die Figuren einer beendeten Schachpartie: die Sieger oder Verlierer, die nicht wieder zurückkommen würden, hatten sie stehenlassen, in einer scheinbaren Unordnung, hinter der sich in Wahrheit eine gnadenlose Ordnung verbarg.

Es schlug halb eins; Cléments Herz pochte unstet wie eine schadhafte Uhr. Atemlos lehnte er sich an die Balustrade des Trajan-Forums, wo Ausgrabungen im Gange waren. Ohne Sympathie für diese Arbeiten, die zugunsten einer ferneren Vergangenheit eine nähere Vergangenheit verwüsteten, neigte er sich vor und schaute in diesen Raum, der einige Meter und einige Jahrhunderte unter dem unseren liegt, so, wie man auf dem Friedhof ein altes wiedergeöffnetes Grab betrachtet, nur von dem Gefühl der Angst bewegt, daß man hineinfallen könne. Seine weitsichtigen Augen spähten vergebens nach den glänzenden Pupillen und leichtfüßigen Sprüngen der Katzen, die früher um die Säulenbasen strichen, sich um die Speisereste der Kutscher und der englischen Touristinnen balgten und, in verkleinertem Maßstab, das Bild von Panthern boten, die in der Arena mit Menschenknochen ihr Spiel trieben. Angeekelt erinnerte er sich daran, daß man die Katzen vor Beginn der Aushebungsarbeiten beseitigt hatte. Der Gedanke an den Erstickungstod der Tiere verschlimmerte seine Atemnot. Nur die Leute aus dem Volk, sagte er sich, hatten sich über dieses Massaker aufgeregt; eine abergläubische Furcht vor der Rache dieser kleinen wilden Tiere hatte sie ergriffen; als dann die Frau des Gouverneurs von Rom einige Wochen später auf tragische Weise ums Leben kam, fühlten sie sich durch diese Art Sühne beruhigt. Clément Roux dachte wie sie. Weder das uralte Vorurteil, das den Besitz einer Seele allein den Mitgliedern der menschlichen Rasse vorbehält, noch dieser vulgäre Stolz, der den modernen Menschen immer mehr zu einem Parvenu der Natur macht, hatten Clément jemals davon überzeugen können, daß ein Tier der göttlichen Fürsorge weniger würdig sei als der Mensch. Hatte er von seinen Lektionen in römischer Geschichte als einziges nicht gerade die schönen, raubtiergleichen Haltungen einiger Herrscher im Gedächtnis behalten? Diese Kater, die den stadtväterlichen Hygienemaßnahmen zum Opfer gefallen waren, interessierten ihn genauso wie alle die toten Caesaren.

›Es ist weniger schön‹, sagte er sich, und versucht, seine Gedanken von der Beklemmung abzulenken, die zunimmt, jene Grenze erreicht, wo sie allmählich in Qual übergeht. ›Eine zu saubere, zu stramm ausgerichtete Ruine... zu stark niedergerissen, zu sehr wiedererrichtet. Zu meiner Zeit sind diese Gäßchen im Zickzack mitten durch die Vergangenheit verlaufen und haben einen überraschend zu einem Denkmal geführt... Jetzt hat man alles durch breite Prachtstraßen für Autobusse und notfalls für Tanks ersetzt. Das Paris von Haussmann... Der Rummelplatz der Ruinen, die Dauerausstellung der Romanität... *Laudator temporis acti?* Nein, das ist häßlich. Und auf alle Fälle zu ermüdend. Herrgott, dieser Schmerz...‹

Er hört auf zu denken, erstarrt wie ein Tier vor der Gefahr. Die Beklemmung schnürt ihm die Luft ab... Was wird diesmal passieren?... Umfallen... Ruhig bleiben, versuchen, wieder einmal über den Anfall hinwegzukommen. Die Röhrchen sind in seiner linken Tasche.

Das schwache Geräusch einer Ampulle, der man die Spitze abbricht. Das Amylnitrit verbreitete sich in der Luft. Gierig sog Clément Roux diesen fad-säuerlichen Geruch ein, der bereits den Krampf löste. Plötzlich:

»Monsieur...«

»Postkartenhändler?«

Clément Roux drehte sich wütend nach diesem barmherzigen Passanten um, der ihn um den Rest seines Schmerzes brachte. Die außerordentliche Schönheit Massimos war so unerwartet, daß sie überraschte wie eine Mißbildung.

»Keine Angst. Heute abend verkaufe ich nichts«, sagte der junge Mann mit einem Lächeln, das nur ein leichtes Lippenkräuseln war. »Will das Herz nicht mehr?«

Massimo stützte den alten Mann, setzte diesen großen müden Körper fast mit Gewalt auf eine Bank. Der Mondschein, das Vorübergehen der Gefahr und dieses reine, im Schatten nach unten geneigte Profil hielten Clément Roux in einer Welt fest, wo die Katzen Panther sind und wo man sich nicht wundert, wenn einem nachts, mitten in Rom, auf Französisch Hilfe zuteil wird.

»Mit mir ist's aus«, murmelte der alte Mann.

Aber das war bereits die Behauptung eines Menschen, der weniger Angst hatte. Das Medikament und die stärkere Droge der menschlichen Gegenwart hatten wieder einmal sein Entsetzen gedämpft: der Anfall ging ebenso schnell vorbei, wie er gekommen war, und machte einer Müdigkeit Platz, die so etwas wie eine Mischung aus Euphorie und vager Furcht vor der nächsten Attacke war. Der junge Mann lehnte sich an die niedrige Mauer des Ausgrabungsgeländes. Instinktiv und aus alter Gewohnheit registrierte Clément das erschöpfte Gesicht seines Gefährten, seine Finger, die beim Versuch, aus dem Feuerzeug eine Flamme zu schlagen, zitterten. ›Er sieht aus, als habe er etwas ausgefressen‹, dachte er. ›Wenn schon, Hauptsache, er ist da...‹ Der junge Mann rauchte gierig. Clément Roux streckte die Hand aus.

»Nein... Das tut Ihnen nicht gut.«

»Stimmt«, sagte der andere demütig. »Aber es geht schon besser. Verflixt besser sogar, denn bei jedem Fehlstart... Vorbereitet für nichts... Satt, dieses Krepieren, Nichtkrepieren... Alles satt. Du verstehst das nicht... Wie alt bist du?«

»Zweiundzwanzig.«

»Dachte ich mir. Ich bin siebzig.«

›Zweiundzwanzig Jahre... Nein, zehn Jahrhunderte. Es ist ein Jahrhundert her, daß sie gestorben ist, und es ist fünf Jahrhunderte her, daß Carlo... Tot. Verschwunden. Diese Frau, die ich neben mir auf dem Kopfkissen atmen hörte, diese Hand in meiner Hand... Und er, mit seinem Keuchen, seinem grauen Anzug, den wir in Wien zusammen zu einem Flickschneider zum Reparieren gebracht haben, mit seiner Leidenschaft für die deutsche Musik... Ein Betrag, weggemogelt von der Summe. UNVORSTELLBAR. Keine der gängigen Erklärungen... Dieser Alte, der sich von einem Herzanfall erholt, weiß nicht, daß er für mich fester Boden ist... Ein Lebender...‹

»Ich bin zum erstenmal seit dreißig Jahren wieder in Rom. Zum Nachteil verändert, wie die ganze Erde... Oh, ein junger Bursche wie du findet daran eine ganz andere Schönheit, der du in dreißig Jahren auch nachtrauern wirst... Nichts mehr für mich... Ich hasse den Lärm... Ich verabscheue die Menge... Aber trotzdem, heute abend hab ich es in meinem Luxushotel nicht ausgehalten. Und bin gegangen, zu Fuß, ganz allein...«

»Wie alle anderen«, sagte Massimo mit einer Stimme, die unwillkürlich zitterte. »Um eine Rede auf der Piazza Balbo anzuhören.«

»Hast du eine Ahnung! Um plärrende Leute zu sehen, die einen brüllenden Mann beklatschen? Du kennst mich nicht, mein Junge. Nein, aber die Straßen. Dunkel. Menschenleer... Eben weil die Menge sich auf eine einzige Seite ergossen hat, wie ein Eimer, den man kippt. Und der wütende Regen auf den Fassaden. Und ich unter einem Bogen des Kolosseums, rauchend, unbelästigt. Dann ein wenig verloren in den veränderten Straßen... Aber das Komischste ist, daß nicht alles gleich schnell schwindet. Winkel, Balkone, Türen, Dinge wiederfinden, an die man sich nicht mehr erinnert hat, weil es nicht der Mühe wert war, und an die man sich trotzdem erinnert, denn wenn man sie wiedersieht, erkennt man sie... Und man tritt auf die Steinplatten, ein wenig behutsamer als früher, verstehst du, und man spürt ihre Unebenheiten, ihre Abnützung. Langweile ich dich?«

»Keineswegs, Monsieur Roux. Ich denke an ein kleines Jugendbild von Ihnen, das einen Winkel von Rom darstellt, eine sehr menschliche Ruinenlandschaft... Selbst nach allem, was Sie seitdem gemacht haben, ist es immer noch sehr schön. Oder bereits wieder sehr schön.«

›Der arme große Mann‹, sagte er sich. ›Ein bißchen Bewunderung wird ihm guttun.‹

»Du weißt, wer ich bin?«

»Die Erklärung ist ganz einfach. Ich habe neulich Ihr Selbstbildnis auf der Triennale für moderne Kunst gesehen...« ›Und ich gewöhne mich‹, dachte er. ›Und ich bin bereits so an ihren Tod gewöhnt, daß ich über Kunst sprechen kann. Zudem schmeichle ich ihm. Ich habe ihn eigentlich nach den Zeitungsfotos erkannt.‹

»Nun, du kennst einen armen Teufel... Clément Roux, ha, ha...« Ein singender, fast belgischer Tonfall ließ jeden seiner Sätze wie einen traurigen Refrain klingen. »Bist du Franzose? Nein, Russe. Ich kenne den Akzent. Ich bin aus Hazebrouk. Schließlich muß man ja von irgendwoher sein... Das Portrait ist nicht schlecht, du hast Geschmack... Portraits macht man heutzutage nicht mehr, die Menschen pfeifen drauf. Und dann ist es auch zu schwierig. Ein Gesicht nehmen, es zertrümmern, wieder zusammensetzen, eine Reihe von Schnappschüssen summieren... Nicht dein Gesicht: du bist zu schön. Lohnt sich nicht. Aber eine Visage wie die meine... Deine sehr menschliche Ruinenlandschaft, wie? Du hast das Glück, zwanzig zu sein...«

›Mein Glück!‹ schreit Massimo lautlos... ›mein Glück! Ein sauberes Glück! Derjenige zu sein, der nicht stirbt, der nur zusieht, der nicht mit ganzem Einsatz mitspielt... Der versucht, zu retten oder der im Gegenteil... Der Engel der letzten Stunden... Nie werde ich Marcellas Blick vergessen... Was kann ich dafür, daß sie mich lieben? Diese der Zeit entwendete Stunde am Rand von allem... Und mir fällt nichts besseres ein, als mich an Worten zu berauschen... Um ihr Halt zu geben, um sie abzuhalten... Schön. Und vor allem, um zu verbergen, daß diese Realitäten nicht die meinen waren... Der eigentliche Verrat war nicht, daß du dich bei dieser Paßgeschichte von den Agenten des Regimes in Wien hast erpressen lassen... Noch weniger, daß du dich zwingen ließest, im letzten Herbst in den Palazzo Vedoni zu gehen, zu dieser Operettenfigur hinter dem pompösen Schreibtisch... Nein, das Unerlaubte gefällt dir... Gib's zu: verdreh die Sache nicht zu einem makabren Ulk... Mein Name steht irgendwo auf ihren Listen... Für immer angesteckt wie von der Syphilis oder der Lepra... Noch vierzig Jahre mit den Nachwirkungen einer verziehenen Infamie zu leben... Morgen wird mich die Operettenfigur wieder zu sich rufen lassen; man wird mir Fragen stellen, auf die ich wieder einmal mit dem Gegenteil der Wahrheit antworten werde. Aber ganz so dumm sind sie nicht... Nur halb so dumm... Sie werden mich für einen Versager oder einen Komplizen halten. Und da ich Ausländer bin, werden sie mich auffordern, ihr schönes Italien zu verlassen und meinen Nansen-Paß irgendwo anders abstempeln zu lassen. Wieder mein schandbares Glück... Alles wird auf einen Aufenthalt bei meiner Mutter hinauslaufen, in ihrem Antiquitätenladen in Wien.‹

»Was ist los mit dir? Du weinst doch nicht?«

›Nein, ich weine nicht‹, dachte er wild. ›Ich habe nicht einmal das Recht, sie zu beweinen.‹

»Eine Frau ist heute abend getötet worden. Nach der Rede. Kein Unfall. Ein Attentatsversuch.«

»Wo?«

»Nicht weit von hier. Auf der kleinen Piazza di San Giovanni Decollato.«

»Das arme Luder«, murmelte Clément Roux respektvoll.

›Ich hätte es ihm nicht sagen sollen‹, dachte Massimo sofort, ›er ist zu alt und zu krank, um sich mit dem Unglück der anderen zu beschäftigen.‹

Aber der alte Mann war aufgestanden und hatte es plötzlich eilig, seinen Weg fortzusetzen. ›Die Besserung wird nicht anhalten‹, dachte er. ›Ich muß zusehen, daß ich weiterkomme. Weg von hier... Und morgen weg von Rom.‹

»Ein Taxi?«

»Nicht gleich... Ich möchte zuerst... Es gibt ja ohnehin keine.«

›Und teuer‹, dachte er, ›zu dieser späten Stunde. Wenn dieser ein wenig verdächtige, aber gefällige Bursche mich begleiten wollte... Ich habe mindestens noch eine Ampulle bei mir... Es ist wohl nur eine falsche Angina...‹

»Glauben Sie wirklich, daß Sie gehen können?«

»Ein paar Schritte. Dürfte mir eher guttun. Ich habe

nicht sehr weit... Wenn wir es über die Piazza Santi Apostoli versuchen würden?«

Sie versuchten es über die Piazza Santi Apostoli. ›Er ist stolz darauf, sich in Rom noch so gut auszukennen‹, dachte Massimo.

Nach einer Weile blieb der Alte stehen.

»Diese Frau, warst du dabei?«

»Nein«, sagte Massimo, »nein. Nein!« schrie er. »NEIN!«

»Und ER? Ist ER unverletzt?«

»Unverletzt«, sagte Massimo bitter. »Angeblich nur knapp verfehlt.«

»Was für ein verdammtes Glück!« stieß Clément Roux bewundernd hervor. »Sicher, eines Tages wird es ihn erwischen... Berufsrisiko. In meiner Jugend gab es einen Refrain von Bruant über einen Unterweltstyp: er ist krepiert wie ein Caesar... Das ist es: wie ein Caesar krepieren. Ich will ihn damit in keiner Weise heruntersetzen, im Gegenteil... Irgend jemand muß sich ja ums Regieren kümmern, denn die meisten Leute haben nicht genügend Mumm dazu. Und weißt du, ich und die Politik... Außerdem bin ich nicht von hier... Wenn er nur keinen Krieg anfängt.«

»Eben«, sagte Massimo leidenschaftlich. »Ich bin auch nicht von hier.«

»Ich werde dir erklären, an was sie mich erinnert, deine Politik«, sagte der Alte und hörte auf zu gehen, um zu sprechen, und zu sprechen, um vorsichtig eine leere Straße zu überqueren. »Ich bin mit einem Dirigenten der Scala befreundet. Weißt du, was der mir erzählt hat? Wenn man auf der Bühne Geräusche braucht, die wie von einer Menge kommen, von einem Aufstand, von Leuten, die für oder gegen etwas brüllen, dann läßt man in den Kulissen von Baßstimmen ein einziges, schönes, volltönendes Wort singen: RABARBERA ... Im Kanon ... BARBERA ... BERABAR ... ARBERA. Du kannst dir die Wirkung vorstellen. Nun, deine rechte oder linke Politik, das ist für mich RHABARBER, mein Junge.«

Massimo glich seinen Gang dem schleppenden Schritt des alten Mannes an. Als er aufschaute, bemerkte er, daß sie in die Via dell'Umilità einbogen. »Straße der Demut«, sinnierte er.

»Monsieur Clément Roux«, sagte er zögernd, »Sie haben doch den Krieg von 1914 mitgemacht. Wie gewöhnt man sich an den Gedanken, daß gute Kameraden in einer Stunde vielleicht unweigerlich ... Diese Frau zum Beispiel ... Sie gehörte schließlich zur selben Gruppe ... Die Freundin eines Freundes ...« ›Getraust du dir zu sagen, eines Liebhabers?‹, dachte er. ›Das war für mich nicht sehr wichtig. Und für ihn? Ein Bruch mit seinem Milieu. Eine Reaktion auf seinen Puritanismus des Mannes der Linken. Eine Rückkehr zu welchem Augenblick seiner Jugend? Wenn es irgendwo wichtiger war, dann auf einem Gebiet, wohin die Wörter nicht gelangen ... Aufrichtiger, wenn man es nicht sagt, als wenn man es sagt.‹ – »Ein Freund«, fuhr er laut fort. »Aber ich habe mich unter einem falschen Vorwand an ihn herangemacht ...« ›Auch das stimmt nicht ganz‹, dachte er verzweifelt. ›Es gelingt mir einfach nicht, irgend etwas klar zu definieren. Schon bei diesem Aufenthalt in Kitzbühel hatte ich ihn gewarnt. Ihm sogar geraten, nie wieder nach Italien zurückzukehren. Mehr konnte ich nicht tun. Aber damals waren für ihn die Würfel bereits gefallen.‹ »Ein toter Freund«, sagte er wieder laut, weniger zu seinem Gefährten als zu sich selber. »Und diese Frau, ich bin ihr vorhin vorsichtig nachgegangen... Am Eingang eines Cafés, in respektvoller Entfernung sozusagen, habe ich ganz zufällig erfahren... Ich für meine Person war ja nicht gezwungen, an die Wirksamkeit eines Tyrannenmords zu glauben. Was soll's« sagte er und wandte den Kopf ab, um seine Tränen zu verbergen. »Im Augenblick ihres Todes hat sie mich sicherlich verachtet.«

›Was faselt er?‹ dachte der Alte ein wenig beunruhigt.

»Also, ich verstehe kein Wort von dem, was du da erzählst, mein Junge«, sagte er. »Wo kommst du denn überhaupt her? Von einer Verschwörung? Nein? Um so besser... Hast du eine Familie? Wohl kaum. Ein Zuhause?«

»Bis morgen früh.«

»Dachte ich mir... Und was treibst du beruflich?«

»Handel mit falschen Pässen«, sagte Massimo mit einem bösartigen Lächeln.

»Ah? Damit ist bei mir nichts zu machen, mein Lieber... Selbst wenn ich keinen in der Tasche hätte. Keine Lust mehr, irgendwohin zu gehen... Es sei denn, du hättest einen ordnungsgemäßen, mit dem man beim Lieben Gott durchkommt.«

»So etwas darf man nicht sagen«, antwortete Massimo ernsthaft.

Clément Roux war vor einer Mauer stehengeblieben, auf der eine zwei Fuß hohe Inschrift den Bürgern von Rom riet, gefährlich zu leben. ›Durch diese Straße‹, dachte er, ›werde ich wohl nie wieder gehen... Und dieses Rom... Ein wenig um sich schauen... Denn, man kann sagen, was man will, schön ist es... Diese unmerklichen Schwünge der Fassaden, die den Raum formen... Zudem erweckt man dann nicht den Anschein, daß man aus Müdigkeit stehenbleibt... Mir geht es übrigens gut... Erstaunlich gut... Trotzdem gehen wir wie gebremst... Wenn etwas passierte, könnte der Kleine immer noch Hilfe holen... Es sei denn... Allerneueste Morgennachricht: Clément Roux erliegt auf der Straße einem Herzanfall und wird ausgeraubt. Der Räuber... Nein, nicht böse, unglücklich, vielleicht ein bißchen mythomanisch. Trotzdem, wenn ein Taxi vorbeikommt, winke ich ihm besser.‹

›Wenn ein Taxi vorbeikommt, sorge ich am besten dafür, daß er einsteigt‹, denkt Massimo müde. ›Das letzte war besetzt.‹

»Du sprichst vom Ersten Weltkrieg«, sagte der Alte und setzt sich wieder in Bewegung. »Damals war ich schon nicht mehr ganz in dem Alter... Mein Bruder ist bei Craonne gefallen. Aber man hat darüber so viele Lügen verbreitet, daß selbst diejenigen, die zurückgekommen sind, nicht mehr wissen... Und nicht nur der Krieg: das Leben... Wie also die italienischen Journalisten mich bitten, ich solle in meinen Erinnerungen kramen... Meine Mutter, die unbedingt will, daß ich Priester werde... Du kannst sie dir vorstellen, diese Madame Bäuerin mit ihrem Samthut, den sie an Wintersonntagen für den Kirchgang aufsetzt... Und dann Paris, und die Arbeit, und die üblichen Miseren eines Künstlers, der gegen den Strom schwimmt. Und dann der Ruhm... Ohne jeden Grund, nur weil der Wind sich gedreht hat... Ich hatte nie gewußt, daß es so viele Bilderhändler auf der Welt gab und so viele Bilderspekulanten. Die Börse, Abteilung

Nicht notierte Werte, verstehst du... Und die Leute, die mich benutzten, um die Berühmtheiten von vorgestern madig zu machen, um zu sagen, daß Renoir eine Null sei und Manet der letzte Dreck... Und dann die Zeit, wo man so bekannt ist, daß man niemanden mehr interessiert: Clément Roux, abgelegt unter R. Und in zehn Jahren wird man diese Bilder auf den Dachboden werfen, weil sie aus der Mode sind; und in fünfzig Jahren wird man sie in die Museen hängen, einschließlich der gefälschten; und in zweihundert Jahren wird man von Clément Roux sagen, daß es ihn gar nicht gegeben hat, daß das jemand anderer war oder sogar mehrere andere. Und in tausend Jahren werden von einem Bild nur noch zehn Zentimeter übriggeblieben sein, dermaßen beschädigt, daß man nicht mehr weiß, was das ist, der große Clément Roux, das einzige Kunstwerk, gereinigt, übermalt, gefirnißt und neu aufgezogen und zudem vielleicht noch eine Fälschung... Mein Ruhm... Wo war ich stehengeblieben?... Meine Erinnerungen. Meine Frau, eine ausgezeichnete Frau, die beste aller Frauen... Gute Wirtschafterin, nicht einmal eifersüchtig... Und noch dazu hübsch; der weißeste Körper, den man sich vorstellen kann: wie Milch; du kennst sie ja, ich habe sie gemalt. Zwei Jahre Liebe, ein Kind mit seinem weißen Krägelchen auf den Bildern von 1902, das jetzt Autos verkauft, ein zweites, das gestorben ist... Und die Schöne, die altert, die abmagert, die schwierig wird (aber immer *comme il faut,* verstehst du), und mit der man so wenig noch ins Bett gehen will wie mit der Präsidentin des Wohltätigkeitsvereins... Ja, ich habe sie auch unter diesem Aspekt gemalt, im grauen Kleid. Und dann tot... Was für eine Veränderung... Und man gewöhnt sich... Man gewöhnt sich daran, sich nicht zu gewöhnen. Und deine Landsmännin, Sabine Bagration, die es sich in den Kopf setzt, mich zu lieben und mich in ihrer Villa installiert, in Südfrankreich, und unsere Streitereien und wie sie mich mit ihrem Revolver bedroht... Eine gelbliche, schlanke, interessante Frau, aber nicht schön. Eine Frau, die das Unglück liebte, wie du. Sie ist bedient worden; in ihrem Land hat man sie in einen Bergwerksschacht geworfen... Und sonst, was noch? Im Grunde habe ich nicht viel gelebt. Die Malerei ist anstrengend. Früh aufstehen... Früh schlafengehen... Ich habe keine Erinnerungen.«

Ein weiteres Taxi fuhr vorbei, das weder der eine noch der andere anrief; jeder hing seinen Gedanken nach. Der Mond hatte dieses unheilvolle Aussehen angenommen, das er zu den späten Stunden ausstrahlt, in denen man gewöhnlich nicht draußen ist und wo alles am Himmel einen anderen Platz einnimmt. Ihre Schritte hallten in der leeren Straße.

›Das also hat sein Leben ihm eingebracht‹, dachte Massimo, ›diesem ruhmbedeckten alten Knacker... Natürlich, da sind immer noch seine Meisterwerke... Und du, was wirst du in seinem Alter sein? Oder auch nur in zehn Jahren?... Hotelangestellter? Korrespondent einer Abendzeitung?... Dieser gealterte Narziß, der jedes Schaufensterglas nach dem Gesicht eines Abenteuers absucht?... Oder der Fanatiker, der Flugblätter über die Ankunft des Messias verteilt? Mach dir keine Sorgen... Warte... Finde dich ab mit dieser Schranke der Sinne: sie war dir näher, als es vielleicht je eine Frau sein wird, aber du konntest diesen Öl- und Pfeffergeruch ihrer Haare nicht ertragen... Finde dich damit ab, nie ganz geglaubt zu haben, was sie glaubten... Finde dich damit ab, daß sie gestorben sind: auch du wirst eines Tages sterben. Finde dich sogar damit ab (es bleibt dir nichts anderes übrig), daß die Infamie dir im Blut liegt... Warte... Geh von dem aus, was du bist... Im Augenblick bringst du diesen alten großen Mann in sein Hotel... Clément Roux im Aufzug eines Kunstmalers der Jahrhundertwende... Aus Treue zu seiner Jugend?... Wie konventionell. Diese Franzosen...‹

»Moniseur Roux«, sagt er und kommt wieder auf sein Thema zurück, um so unbekümmerter, als er hofft, daß der andere so gut wie nicht hinhört. »Dieser tote Freund... Carlo Stevo...«

»Ja, ich weiß, wer Carlo Stevo ist«, sagt der Maler geistesabwesend.

»Ich weiß, daß Sie das kaum interessieren kann«, fährt Massimo mit zitternder Stimme fort, »aber trotzdem, das ist ein wenig wie mit Ihren Erinnerungen. Niemand, der versteht... Und so schnell das Vergessen. Oh, man spricht von Carlo Stevo; man wird morgen noch mehr von ihm sprechen, wenn die Nachricht von seinem Tod bekannt wird. Aber ohne Kenntnis... Ein großer Schriftsteller, ein Genie, das sich in die Politik verirrt hat, werden die Leute sagen, die ihn nicht schmähen... Dieser ganze Lärm um einen elenden erpreßten Brief, aber niemand bringt den Mut auf, sich die Mißhandlungen vorzustellen, das körperliche Elend, die Erschöpfung, den Zweifel vielleicht angesichts des Todes. Nein, niemand. Nicht einmal ich. Sein übrigens so vorsichtiger Brief, der nichts Wesentliches preisgab, der das Regime auch dann noch diskreditierte, als er um Gnade zu bitten schien... Subtil... Aber sie verstehen auch nicht, daß ein Sterbender sich den Anschein geben kann, als wolle er aufgeben, auf das verzichten, woran er zu glauben glaubte, daß er allein sterben will, selbst ohne seine Überzeugungen, ganz allein... Carlo Stevo und sein Mut, in allem bis ans Ende seiner Kräfte zu gehen, über seine Kräfte hinauszugehen... Schmachvoll zu unterliegen, lächerlich zu sein... Schlecht deutsch zu sprechen, zum Beispiel... Seine Fähigkeit, zu verstehen, seine Unfähigkeit, zu verachten... Dieser wunderbare Sinn für Beethoven: die Abende, an denen wir in seinem Zimmer in der Spiegelgasse alle Schallplatten mit den späten Streichquartetten abgespielt haben... Seine Fröhlichkeit eines traurigen Menschen... Und wenn ich als einziger dieses kurze Glück hätte miterleben, teilen und schenken können, das Menschen, die zu lieben vorgeben, oft nicht schenken können?... Und seine Bücher, von denen man spricht, die aber niemand mehr liest... Im Grunde bin nur ich noch sein Zeuge... Wäre er am Leben geblieben, hätte ich vielleicht etwas lernen können. ZARSTVO TEBE NEBESNOE«, schloß er, ohne zu bemerken, daß er zum Totengebet in Altkirchenslawisch übergegangen war.

»Na ja...«, sagte Clément Roux, »na ja...«

Sie bogen in ein Gäßchen ein und standen plötzlich vor einem kleinen Platz, der kaum mehr als das Becken eines gigantischen Brunnens war. Marmorgötter überwachten das endlose Geriesel: Strudel, Wirbel oder im Gegenteil kleine ruhige Pfützen bildeten sich in den Höhlungen der Steinplastiken, welche die Zeit, die Feuchtigkeit, die Abnützung in echte Felsen verwandelt hatten. Ein barocker

Wahn, eine mythologische Opernkulisse war allmählich zu einem großen Naturdenkmal geworden, das im Herzen der Stadt das Gestein und das Wasser bewahrte, die älter und jünger waren als Rom.

»Herrgott, ist das schön!« sagte Clément Roux. »Hilf mir die Stufen hinunter... Sie sind rutschig. Ich möchte mich ein wenig auf den Rand setzen.«

Massimo blieb stehen. ›Das Wasser, das wäscht‹, dachte er. ›Das Wasser, das man trinkt, das Wasser, das alle Formen annimmt und aufgibt... Das Wasser, das man vielleicht unten auf den Liparischen Inseln einem Fiebernden verweigert hat...‹ Eine fast vergessene Erinnerung von bestürzender Wirklichkeit kam ihm wieder ins Gedächtnis, schob sich vor diesen Platz, vor diesen Brunnen, vor diesen alten Mann auf dem Beckenrand. Das Wasser eines Flusses, die riesige flüssige Masse, auf der er mit seiner Mutter und ihren Gefährten die gefahrvolle Reise unternommen hatte, um aus der Heimat zu fliehen. Er sieht die von den Frühjahrshochwassern überschwemmten Inseln wieder, hört die Kuckucke, die einander von Ufer zu Ufer zurufen, hat das Gefühl, ein endloses und unerhörtes Abenteuer zu erleben, spürt sein Entzücken, das mit der Furcht und Erschöpfung der Erwachsenen kontrastierte. Nachts schlief man in verlassenen Bauernhäusern, auf Stroh, eng an den Boden geschmiegt. Manchmal kam eine Schwadron Kavallerie vorbei; Männer sangen oder schossen, ohne anzuhalten, zum Spaß auf die Fensterscheiben, in denen sich der Mond spiegelte. ›Verirrte Kugeln‹, denkt er. ›Was läßt mich an diese verirrten Kugeln denken?‹

»Verstehst du«, sagte der Alte. »Ich möchte nicht, daß

du glaubst... Es gibt immerhin gewisse Dinge, bei denen man sich wünscht, daß... Dieser Brunnen zum Beispiel, den wollte ich vor meiner Abreise ganz gern wiedersehen, aber in diesen Gäßchen ist man nie sicher, irgend etwas zu finden... Dinge von so großer Schönheit, daß man sich über ihre Existenz wundert. Stücke, Fragmente... Das graue Paris, das goldene Rom... Die Säule dort, wo wir waren, hast du sie gesehen, wie eine Monduhr?... Und das Kolosseum, schön, nicht wahr, das Kolosseum, diese immer wieder aufgebackene Pastete, diese dicke Steinkruste voller Gladiatoren im Inneren... Und die Fontänen, die lebende Obelisken sind... Und dann überall, ganz gleich wo, ein Bistro oder eine Kathedrale... Und wunderbare Gesichter, wie das deine... Und Körper ...«

Er läßt das Kinn auf die Brust sinken, füllt die Hand mit Wasser, sieht zu, wie es an den dicken Fingern entlangläuft, redet weiter:

»Frauenkörper... Weniger die Modelle mit ihrer Nacktheit für soundso viel pro Stunde. Auch nicht die fade Nacktheit der Nutten noch die Nacktheit im Theater, die so geschminkt ist, daß man die Haut nicht mehr sieht... Und die Frauen zu meiner Zeit, mit dem Abdruck des Korsetts überall auf der Haut, und die Frauen von heute mit ihren Hüfthaltern, wie sie das nennen, und um die Taille eine Speckfalte. Und kaum mehr ein vollkommener Fuß mit klaren, reinen Linien... Aber von Zeit zu Zeit... Das Fleisch, das man unter der Kleidung wahrnimmt wie ein süßes Geheimnis in dieser harten Welt... Der Körper unter dem Stoff... Die Seele unter dem Körper... Die Seele des Körpers... Wie vor langer

Zeit, auf einem Strand an einer einsamen Stelle, auf Sizilien, ein nacktes kleines Mädchen... Zwölf oder dreizehn Jahre... Im flach einfallenden Licht der Morgendämmerung... Mit einem Hemd, das sie auszog, als sie mich sah, wahrscheinlich fand sie es lustig. Unschuldig und nicht unschuldig. Die kleine schaumgeborene Venus, verstehst du... Und die Beine ein wenig heller als der Rest, weil sie im Wasser waren... Aber bilde dir nichts Falsches ein: zu jung und auch zu schön. Obwohl, wenn ich's recht bedenke, hätte ich... Ich habe sie auch nicht gemalt, denn Akte, die aus Erinnerungen bestehen... Aber ich habe sie hier und dort untergebracht, überall auf den Bildern, eine bestimmte Art, das Licht wiederzugeben, das über einen Körper spielt. Das sind Dinge, die einem helfen, wenn's ans Sterben geht.«

Seine ungeschickten Hände schlugen den Kragen der Pelerine hoch, als friere er plötzlich:

»Ich glaube... Ich glaube, ich erkälte mich«, stammelte er.

»Sie müssen zurück ins Hotel, Monsieur Clément Roux, es ist schon ein Uhr vorbei.«

»Ja«, sagte er, »ich verstehe. Polizeistunde, meine Herren! Ich komme, aber nicht gleich. Noch ein bißchen Geduld. Ich muß erst noch das Portrait der Baronin Bernheim fertigmalen... Ich fahre heim nach Frankreich... Doktor Sarte...«

Massimo fuhr zusammen. Clément bemerkte es, ohne ihm Bedeutung zuzumessen. Er hatte seine eigenen Sorgen.

»... sagt, daß dieses Land zu dieser Jahreszeit nicht gut für mich ist«, fuhr er fort. »Die ersten heißen Tage... Ich hoffe, der Hoteldiener hat meinen großen Koffer fertiggemacht. Der Zug um zehn Uhr fünfzehn. Aber vorher...«

Er drückte Massimo krampfhaft die Hand und schlug einen vertraulichen Ton an:

»Es ist hart abzutreten, wenn man gerade anfängt zu wissen, wenn man gelernt hat... Und man malt weiter, fügt Formen an diese Welt voller Formen... Trotz der Müdigkeit. Und ich bin robust gewesen, weißt du, der ehemalige Bauernbub... Und an Tagen, wo es mir gutgeht, fühle ich mich auch heute noch ewig... Nur wenn das Herz streikt, ist jetzt jemand in mir, der ja sagt. Ja sagen zum Tod...«

Sein Gebrabbel wurde zum Rausch. Er zog ein Zehn-Lire-Stück aus der Tasche und drehte es auf der Handfläche um.

»Während des Wolkenbruchs habe ich mich, wie schon gesagt, unter einen Bogen gestellt. Trotzdem pudelnaß geworden... Eine gute Alte hat mich wohl für einen Bettler gehalten. Sie hat mir das da geschenkt... Komisch, was?... Keine Frage: sie war nicht betrunken... Es war vielleicht eine Wiedergutmachung.«

›Wenn jemand betrunken ist‹, dachte Massimo angewidert, ›dann er. Trunken vor Müdigkeit. Diese groteske, diese jämmerliche Totenwache.‹

»Und die Leute, die abreisen, werfen ein Geldstück in den Brunnen«, fährt der Alte in seinem senilen Redestrom fort, »es heißt, daß sie dann wiederkommen... Ja. Aber ich, bei dem, was ich hier machen könnte, in Rom, ich habe gar keine Lust, zurückzukommen. Lieber etwas anderes sehen, etwas wirklich Neues, mit frischen Augen, mit reingewaschenen Augen... Aber *was* anderes? Wer hat sie gesehen, die Ewige Stadt? Das Leben, Junge, fängt vielleicht erst am Tag nach der Auferstehung an.«

»Wollen Sie nun kommen, Monsieur Roux, oder nicht?«

»JA«, sagte der Alte.

Ungeschickt warf er das Geldstück, das zwei Schritte von ihm entfernt in die Höhlung eines Muschelwerks fiel.

»Sie hätten es lieber mir geben sollen«, konnte Massimo sich nicht enthalten zu sagen.

»Möchtest du mein Geld?«

»Ich möchte Sie ins Hotel bringen«, sagte der junge Mann fest.

›Schluß damit‹, denkt er verzweifelt. ›Aber ich kann ihn doch nicht am Rand des Wassers sitzen lassen.‹

Diesmal zog Clément sich, an den Arm seines Begleiters geklammert, in die Höhe. Massimo stützte ihn. Plötzlich schaute der alte Mann mit erschreckten Augen zu ihm auf und stammelte:

»Es geht mir nicht gut... Warte einen Moment.«

»Ich hole Ihnen ein Taxi«, sagte Massimo beunruhigt und setzte den Kranken wieder auf den Beckenrand. »Die Piazza Colonna ist ganz in der Nähe...«

»Laß mich nicht allein«, protestierte der Alte.

Aber schon war er allein. Wohl oder übel mußte er sitzen bleiben, unter dem Druck eines Schmerzes, der sich zu verzweigen, auszubreiten, ein Drittel seines linken Arms zu füllen schien. Clément kämpft sein Entsetzen nieder und betrachtet den leeren Platz um sich. Niemand außer einem Straßenarbeiter, der eine lecke Stelle in der Wasserversorgung repariert. Das kleine Hotel vis-à-vis, das Clément Roux kennt, ist um diese Zeit geschlossen,

Türe und Fenster sind dunkel. Zudem weiß er, daß er diese paar Schritte so wenig tun kann, wie Rom durchqueren. Vergebens versucht er zu rülpsen, um sich zu erleichtern. Das Wasser und der Fels, die vorhin so wunderbar waren, sind nur noch fühllose Substanzen, die ihm nicht zu Hilfe kommen können. Die Musik der Flut ist nur ein Geräusch, das seine Hilferufe übertönen würde, wenn er die Kraft hätte, um Hilfe zu rufen.

Dann löst sich die Beklemmung ein wenig. Aus der Tiefe seines Körpers geht ihm auf geheimnisvolle Weise die Nachricht von einem neuerlichen Aufschub zu. ›Vielleicht komme ich diese Nacht noch einmal davon‹, denkt er. Und resigniert, mit gesenktem Kopf wartet er darauf, daß der Schmerz sich völlig entferne oder im Gegenteil zurückkomme und ihn wegraffe.

Er wartete nicht lange. Nach einer Minute fuhr ein Wagen fast geräuschlos heran und hielt dicht am Gehsteig. Massimo saß neben dem Fahrer. Er sprang heraus, half dem alten Mann in die Höhe und trug ihn fast zum Auto.

»Zum Cesare-Palace, nicht wahr?«

Clément Roux nickte.

»Zum Cesare-Palace«, wies Massimo den Chauffeur an.

Der Wagen stieß ein Stück zurück, um den Reparaturarbeiten auszuweichen, und bog dann in die Via della Stamperia ein. Eine Sekunde lang fiel das Licht der Scheinwerfer voll auf den jungen Mann, der am Straßenrand stehengeblieben war, schärfte die Gesichtszüge, die plötzlich weniger rein schienen, enthüllte das zweifelhafte Weiß des Hemds, die Falten der verschmuddelten Jacke.

In einer Aufwallung von Unruhe, die nichts Geheimnisvolles mehr hatte, tastete Clément nach seiner Brieftasche: sie war noch an ihrem Platz. Sogleich überfiel ihn wieder die Angst, als habe er es mit etwas Unerklärlichem zu tun. Er stammelte:

»Ich hätte ihn nach seinem Namen fragen sollen.«

Er schlug an die Trennscheibe, um dem Fahrer zu sagen, daß er umkehren solle. Der Mann hörte nicht. Das weiße Gesicht war schon aus dem Rahmen des Wagenfensters verschwunden. Erschöpft, mit geschlossenen Augen sank Clément Roux wieder in seine Ecke. Er hatte Rom bereits verlassen, war aber dem Fremden dankbar, daß er ihn der Obhut eines Chauffeurs anvertraut hatte, der ihn seinerseits in die Obhut eines Hotelportiers geben würde. Die tröstliche Routine der kleinen Realitäten hatte wieder eingesetzt.

Es war Nacht über dem Flachland, über den Hügeln, Nacht in Rom, Nacht auf den Inseln und Nacht auf dem Meer. Die Nacht überschwemmte die Hälfte der Welt. Es war Nacht auf dem Deck Zweiter Klasse des Schiffes nach Palermo, wo Paolo Farina seine Aktenmappe zu Boden gleiten ließ und sein Schnarchen mit dem Murmeln des Sizilianischen Meeres vermischte. Rom schien, von der Nacht betäubt, am Ufer des Lethe zu liegen. Caesar schlief und vergaß, daß er Caesar war. Er wachte auf, versetzte sich wieder in seine Person und in seinen Ruhm; sah auf die Uhr und jubelte, weil er bei dem gestrigen Vorfall die Kaltblütigkeit gezeigt hatte, die einem Staatsmann geziemt. ›Ardeati, geborene Ardeati‹, dachte er und kaute den Namen wieder, den er sich ein paar Stunden zuvor hatte buchstabieren lassen, ›die Tochter des alten Giacomo...‹ Er sieht aus einer unmäßigen Entfernung die Küche der Wohnung in Cesena wieder, hört eine Diskussion über die jeweiligen Meriten von Marx und Engels und riecht den Kaffee, den die alte Ardeati zu einer Zeit servierte, als Kaffee für ihn Mangelware war. »Was sie an Gutem zu bieten hatten, habe ich in mein Programm aufgenommen«, sagt er zu sich. »Diese Schwätzer wären nie imstande gewesen, ein Volk zu regieren.« Und er dreht sich auf dem Kopfkissen um, zufrieden mit sich und der Welt und in der Gewißheit, in allem die Zustimmung der ordnungsliebenden Leute zu haben.

Giulio Lovisi schläft nicht; er macht, auf das Kissen gestützt, seine Abrechnungen, wobei ihn das Geflüster von

Giuseppa und Vanna stört, die jenseits der Wand fieberhaft und ohne ein Ende zu finden, über die Chancen einer baldigen Rückkehr Carlos diskutieren, eines klüger gewordenen Carlo, der denkt wie alle Welt, in Einklang ist mit den guten Prinzipien und ausgesöhnt mit dem großen Mann. Die beiden Frauen haben kein Licht gemacht, aus Angst, das Kind aufzuwecken, das übrigens nicht schläft. Die Kranke ahnt die Erregung der Erwachsenen, ärgert sich, weil man sie nicht daran teilnehmen läßt, verlangt Limonade, um die Aufmerksamkeit auf sich zu lenken. Auch Alessandro schläft nicht. Bleich, von Müdigkeit gezeichnet, aber sehr selbstbeherrscht erklärt er im Parteibüro einem hohen Funktionär, was er von den Machenschaften seiner Frau während der letzten Monate weiß, das heißt, so gut wie nichts. Ein diensteifriger Nachtwächter bringt den Herren Getränke.

Don Ruggero schlief in seiner Anstalt, und seine Träume unterschieden sich in nichts von denen der geistig Gesunden. Lina Chiari schlief mit ihrem Krebs; sie träumte von Massimo, der nicht von ihr träumte. Die Toten schliefen, doch niemand kannte ihre Träume. In einem Zimmer des Cesare-Palace ruht Clément Roux sich von seinem langen Spaziergang aus, inmitten eines Stillebens von gähnenden Koffern, wahllos verstreuten Schuhen, Flanellunterhemden, die über Stuhllehnen hängen. Es geht ihm besser; er schläft so gierig, wie man ißt; sein alter entspannter Körper ist nur noch eine Masse grauen Fleisches und grauer Haare. Im Nebenzimmer liegt eine Schläferin unter einem sanften Nachtlicht, das wie ein großer Leuchtkäfer aussieht, der durch das halb geöffnete Fenster hereingekommen wäre; eine Luxusnacht tapeziert das Zimmer, wo Angiola in den Laken von Angiola Fides schlummert. Ihr abgeschminktes ruhiges Gesicht, über das hier und dort Haarsträhnen fallen, ist von der gleichen unschuldigen Schönheit wie ihre nackten Brüste und Arme. Im Bad liegen Alessandros Rosen im Waschbecken am Rand einer Wasserpfütze. Die mittellose Miss Jones hat ihren Zug verpaßt, weil sie die Mondo-Lichtspiele nicht vor dem Ende des Films hatte verlassen wollen; sie schläft schlecht in einem schmutzigen Zimmer in der Nähe des Bahnhofs. Dida döst wie ein Huhn zwischen ihren zwei Körben im Hof des Palazzo Conti; ihre Tullia und ihre Maria, die Rücken an Rücken unter der abgeschabten aber sauberen Decke liegen, genießen ihren Rest Schlaf, bevor sie wieder aufs Feld und ins Treibhaus müssen; Ilario fragt sich ohne viel Aufregung, was wohl mit der Alten los sein mag.

Gegen zwei Uhr morgens hat Massimo in einer Trattoria des Bahnhofsviertels kurz vor Lokalschluß ein Sandwich gegessen und den schwarzen Saft eines Kaffees getrunken. Nach der Rückkehr in sein Zimmer an der Via San Nicolà da Tolentino wirft er sich noch halb angezogen quer übers Bett und schläft, ganz atmende und laue Statue eines jungen Gottes. Plötzlich wacht er auf, verharrt am Rand des Bewußtseins, bedeckt abrupt das Gesicht mit dem Ellbogen, als wolle er eine Erinnerung abwehren. Er steht auf, befördert den Koffer, den er mitten ins Zimmer gestellt hatte, mit einem Fußtritt unters Bett, denn es soll ja schließlich nicht aussehen, als wolle er fliehen. Doch im Geist bereitet er sich auf die Abreise vor. Vor dem halb geöffneten Schrank denkt er unwillkürlich, wie gut es war, daß er sich bei Duetti noch einen Anzug hat machen lassen. Er schämt sich dieses Gedankens wie einer obszönen Laune und geht hinüber zum falschen Kamin, auf dessen Sims seine Bücher stehen. Ein Schestow, ein Berdjajew, ein Band Kierkegaard in deutscher Übersetzung, *Alcools* von Appolinaire, *Das Stundenbuch* von Rilke und zwei Werke von Carlo Stevo. ›Ich kann nichts davon mitnehmen‹, denkt er. Dann wiegt er aber doch die beiden Bände, die er von seinem Freund besitzt, in der Hand, wählt den schmaleren, steckt ihn ins Reisegepäck, setzt sich an den Tisch und schläft, den Kopf zwischen den Händen, vor Müdigkeit sofort wieder ein.

In den Museen von Rom füllt die Nacht die Säle, wo die Meisterwerke stehen: *Die schlafende Furie, Der Hermaphrodit, Die Venus Anadyomene, Der sterbende Gladiator,* Marmorblöcke, die den großen allgemeinen Gesetzen unterliegen, welche das Gleichgewicht, die Schwere, die Dichte, die Dehnung und Kontraktion von Steinen bestimmen und nichts davon wissen, daß seit Jahrtausenden tote Künstler ihre Oberfläche nach dem Bild von Wesen eines anderen Zeitalters geformt haben. Die Nacht nimmt die Ruinen der antiken Monumente in sich auf, diese privilegierten Bruchstücke der Vergangenheit, mit ihrem Schutzgitter und dem leeren Stuhl des Kontrolleurs neben dem Drehkreuz. Auf der Triennale der modernen Kunst sind die Gemälde nur noch auf Rahmen gezogene Leinwandvierecke mit einer ungleich aufgetragenen Kruste von Farben, die in diesem Augenblick alle ein einziges Schwarz sind. Hinter Stäben heult die Wölfin in ihrer Höhle auf den Hängen des Kapitols in die Nacht: sie steht unter dem Schutz der Menschen, deren Nähe sie jedoch beunruhigt, da sie nicht weiß, daß sie ein Symbol ist, und bei jeder Vibration der wenigen, am Fuße des Hügels vorbeifahrenden Lastwagen erbebt sie. Es ist die Stunde, da in den Ställen neben den Schlachthäusern die Tiere, die morgen in den Tellern und Tonnen Roms enden werden, ein Maulvoll Stroh kauen und die weiche Schnauze verschlafen am Hals ihres Kettengefährten reiben. Es ist die Stunde, da in den Spitälern die schlaflosen Kranken auf den nächsten Rundgang der Nachtschwester warten; es ist der Augenblick, da die Freudenmädchen im Salon sich sagen, daß sie bald schlafen gehen können. In den Zeitungsdrukkereien laufen die Rotationspressen und fertigen für den morgendlichen Leser eine geschönte Version der Ereignisse des Vortags: wahre oder falsche Nachrichten tönen aus den Empfängern; glitzernde Schienen zeichnen das Muster der Abreisen in die Nacht.

In den schwarzen Häusern stapeln sich die Schläfer wie die Toten in den Katakomben; die Ehepaare tragen in ihren warmen und feuchten Körpern die Lebenden von morgen, die Aufständischen, die Resignierten, die Gewalttätigen und die Schlauen, die Heiligen, die Narren, die Märtyrer. Eine Pflanzennacht voller Säfte und Brausen neigt sich und schaudert in den Pinien des Pincio und der Villa Borghese, den Resten der riesigen Patriziergärten von einst, jetzt Opfer der Spekulation, die in den Städten wütet. Der Gesang der Brunnen steigt reiner und heller in die stille Nacht; und auf der Piazza di Trevi, wo eine schwarze Welle den Fuß des steinernen Neptun umspülte, stieg Oreste Marinunzi, der Arbeiter der Wasserwerke, nach der Reparatur der lecken Stelle, schnell über die Einfassung des Beckens, tauchte mit beiden Händen in den

Spalt eines Felsens, kratzte auf gut Glück herum und zog einige Münzen heraus, die irgendwelche Dummköpfe ins Wasser geworfen hatten.

Er war ein wenig enttäuscht; sein Fischzug hatte nicht viel erbracht; die größte Münze war ein Zehn-Lire-Stück: die ausländischen Touristen mußten entweder weniger oder ärmer geworden sein. Einen Augenblick überlegte er, ob er nicht seine Arbeitskameraden zurückrufen solle, um ihnen eine Lage zu spendieren, aber der Fund rechtfertigte eine derartige Großzügigkeit nicht; auch waren die anderen schon weit weg, und außerdem, je weniger den Trick mit dem Brunnen kannten, um so besser. Damit könnte er höchstens eine Krawatte für die Taufe kaufen oder ein paar Flaschen Asti, um im Familienkreis auf das Wohl der Wöchnerin zu trinken. Vorausgesetzt, daß alles gutging: Oreste Marinunzi stieß im Geist etwas aus, was einem Gebet an die Gottheiten der Entbindung glich. Eigentlich brauchten weder Attilia noch er dieses vierte, aber wenn die Kinder kommen, was soll man da machen? Gegen acht Uhr hatte er die Zweizimmerwohnung in Trastevere verlassen, ein Durcheinander aus Wasserschüsseln, Bouillon und Kaffee, aufgewärmt von Nachbarinnen, geweihten Kerzen, die vor der Madonna brannten, aufgeregten und schwatzhaften Frauen, und mitten darin Attilia, bleich, schweißtriefend, mit aufgelöstem Haar. Das alles war nicht dazu angetan, einen Mann nach Hause zu ziehen.

Ohne auf seine durchnäßten Hosenbeine zu achten, ging er mit dem sicheren Schritt eines Stammgastes auf eine kleine Taverne am Bahnhof zu, wo die Freunde des Wirts sich die ganze Nacht erfrischen konnten, unbelästigt von Hinweisen auf die Polizeistunde. Nicht, daß er ein schlechter Ehemann war, im Gegenteil: die Schicklichkeit gebot ja ohnehin, daß die Frauen unter sich blieben. Sobald er durch die Tür getreten war, die wegen des nahen Sommers ein Perlenvorhang ergänzte, bemerkte Oreste zu seinem Mißvergnügen, daß nicht der gutmütige Wirt hinter der Theke döste, sondern dessen Neffe, der immer Streit suchte. Das Lokal war leer bis auf eine Gruppe von Eisenbahnern, die Oreste nicht kannte, und zwei Deutsche mit Rucksäcken zwischen ihren nackten Knien, von denen Oreste sich abwandte, denn er mochte es nicht, wenn Ausländer ihn von oben herab ansahen. Er bestellte eine Flasche Genzano und machte sich daran, sie mit Kennermiene zu leeren.

Der Wein war nicht übermäßig gut, aber trotzdem trinkbar. Die erste Flasche machte ihn wieder zuversichtlich: Attilia würde mühelos entbinden, weil Vollmond war. Er, Oreste, gab zwar nichts auf solche Ammenmärchen, aber es war angenehm, sich in derartigen Augenblicken daran zu erinnern. Wenn man der Wahrsagerin glauben durfte, würde das vierte ein Junge sein wie die anderen; Jungen sind leichter aufzuziehen als Mädchen; sie sind gut für ihr Land; sie werden vielleicht eines Tages Star der Sportzeitungen. Er schaute um sich: an der Wand hing, mit drei Reißnägeln befestigt, ein Foto des Diktators und ein Plakat, auf dem ein schönes Mädchen aus Amalfi Orangen in seine Schürze pflückte. Oreste hob sein Glas auf das Wohl des Staatschefs: in seiner Jugend hatte er regelmäßig seine Beiträge an eine sozialistische Partei bezahlt: dieses Geld hätte er genausogut vertrinken können. Jetzt, als Familienvater, war Oreste Marinunzi für die

Partei der Ordnung: er wußte, wie es sich geziemt, einen großen Mann zu ehren, einen Mann, der laut sprach, der es den Ausländern zeigte, einen Mann, dank dessen das Land beim nächsten Krieg ein Wörtchen mitzureden hätte. Für ein großes Volk brauchte man eben Kinder.

Die zweite Flasche war besser als die erste. Die Entfernung zwischen ihm und dem Zimmer, wo Attilia in der Obhut der Nachbarinnen schrie, verdoppelte sich plötzlich. Eine schöne Frau, Attilia, sicher, in ihrer Art genauso attraktiv wie das Mädchen mit den Orangen, aber schöne Mädchen gibt es mehr als genug. Gerade war eine hübsche Blonde mit einem Koffer hereingekommen; sie setzte sich mit dem Rücken zur Wand auf den Stuhl neben der Tür, wie eine Frau, die Angst hat, weil sie allein ist. Ihr helles Haar verfing sich in dem Perlenvorhang, mit einem kleinen Schrei machte sie sich frei. Oreste sprang galant auf, um ihr zu Hilfe zu kommen. Miss Jones wandte erschreckt die Augen von diesem Betrunkenen ab. Ihr zuschlagsfreier Bummelzug ging erst in den frühen Morgenstunden. Sie war zu bald aufgestanden, weil die Geräusche aus dem Nachbarzimmer sie beunruhigt hatten; der Wartesaal wäre eine Zuflucht gewesen, aber sie zögerte, mit ihrem Koffer zu dieser ungehörigen Stunde von neuem die Straße zu überqueren.

Miss Jones verließ ohne Bedauern dieses Land, wohin alle Dichter und Romanciers Englands sie geführt hatten. Auf Sizilien hatte sie sich mit trägen Dienerinnen herumgeschlagen, mit ungewohnten Speisen, Wasserhähnen ohne Wasser, mit ihrem Entsetzen über das Massaker, das geschickte Jäger mit ihren Karabinern unter den kleinen Vögeln in den blühenden Mandelbäumen von Gemara anrichteten. Rom war ihr verleidet worden durch das bange Warten auf einen Scheck, durch den Affront, den ihr in einem Geschäft am Corso diese Frau bereitet hatte, die keine Dame war, und durch die verliebten Blicke der Männer, deren aufforderndes Gebaren dieser zierlichen Nymphe wie eine Beleidigung und eine Drohung zugleich vorkam. Sie hoffte, daß ihre alte Freundin Gladys wieder die Bettcouch der Londoner Wohnung mit ihr teilen und eine Sekretärinnenstelle für sie finden würde. Sie sehnte sich nach dem Morgentoast, dem Abendtee, nach den billigen Plätzen für die neuesten Operetten, nach Gladys' Gefühlsergüssen, nach ihren beruhigenden Zärtlichkeiten, die eine Mischung aus Freundschaft und Zuneigung waren. Und während Miss Jones alle fünf Minuten auf die Uhr schaute, träumte sie von einem grauen Himmel, so, wie sie in einigen Monaten dem blauen Himmel bitter nachtrauern würde.

Oreste setzte sich wieder, was übrigens auch sicherer war. Die schöne Engländerin war nicht ganz so jung, wie er geglaubt hatte. »Das sind keine echten Frauen«, brummelte er. Im Vergleich mit ihr kam Attilia wieder zu voller Geltung: sie konnte ja nichts dafür, daß ihre Alte zu knickrig war und nie ein Scheinchen herausgerückt hatte zur Abzahlung des Kleiderschranks oder zur Auslösung des Geschirrs aus dem Pfandhaus. Er hatte geglaubt, in eine geldige Familie einzuheiraten, aber dieser Schleicher von Ilario würde alles erben; die alte Dida würde Attilia nicht einmal genug Geld für die Trauerkleidung vermachen. Eine zarte Trübseligkeit stieg aus der zweiten Flasche.

Man schätzte ihn nicht nach seinem rechten Wert: weil ihm an einem Tag der Besäufnis entfahren war, daß es angenehm wäre, der Schwiegermutter die Kehle durchzuschneiden, schimpfte man ihn einen Mörder, ihn, Oreste Marinunzi, der kein Kalb abstechen konnte. Und dieser Schleicher von Ilario nützte das aus, um ihn, wenn er nach Ponte Porzio kam, abzuwimmeln, ohne ihm auch nur ein Gläschen anzubieten. Lustvoll stellte er sich vor, wie er die Alte erwürgte, erfand präzise Details, kostete die Wonne aus, mit der er ihr den Lederbeutel abnehmen würde, in dem sie das Vermögen verbarg, das Attilia und den Kindern hätte zukommen müssen. Aber diese Akte der Gerechtigkeit führen immer nur ins Gefängnis, weil die Richter nicht begreifen, wie sehr man von denen, die man umbringt, vorher geschurigelt worden ist. Seufzend legte er die Szene wieder in die Traumschublade, neben die Szene, in der er allen seine Meinung sagte, dem Direktor der Wasserwerke, der ihm das Gehalt nicht erhöht hatte, seiner Attilia, die ihn beschuldigte, ein Saufaus zu sein, und dem Metzger, der Attilia immer ein bißchen zu nah auf den Leib rückte. Und um den Oreste zu trösten, dem jedermann den schuldigen Respekt versagte, bestellte er sich Rum zu seiner dritten Flasche.

Sofort trat im Rhythmus seines Rausches ein Tempowechsel ein. Es ging jetzt nicht mehr darum, zu trinken um des Trinkens willen, sondern es galt, einen Höhepunkt zu erreichen, wie mit einer Frau, einen Schwebezustand, in dem Oreste Marinunzi nicht mehr zählte. Etwas Herrliches, das nur er allein bemerkte, hüllte ihn ein wie ein Purpurmantel; Trauben wilden Weins flochten sich in seine Locken. Der erste Schluck machte ihn zum Universalerben von Mamma Dida und zum Besitzer von Ponte Porzio; man zog mit Attilia und den vier Kindern aufs Land; Tullia, Maria und dieser Schleicher von Ilario waren plötzlich verschwunden, durch einen göttlichen Willensakt aus dem Weltall befördert; gefährlich auf seinem Stuhl schaukelnd betrank Oreste Marinunzi sich in Ruhe und Frieden unter dem Tonnengewölbe. Mochten alle Wasserleitungen Roms platzen, er würde sich nicht mehr vom Fleck rühren. Nachdem er jetzt glücklich war wie ein Reicher, wurde er auch gütig: Ilario und seine Mistamseln von Schwestern durften die Hütte ganz hinten im Garten bewohnen. Er wollte den Eisenbahnern wohl, den Deutschen, der Engländerin, die eigentlich gar nicht so übel war; der Neffe des Wirts, der in diesem Augenblick plante, ihn hinauszuwerfen, erschien ihm plötzlich wie ein wahrer Freund, auf den man sich ebenso verlassen konnte wie auf einen Bruder, wenn nicht sogar mehr. Der dritte Schluck machte aus Oreste einen Mächtigen: er hielt es für notwendig, aufzustehen und eine große Rede zu schwingen, wie die Ansprache von gestern, und nachdem Oreste Marinunzi die Löhne verdoppelt, die Lebensmittelpreise gesenkt, einen Krieg gewonnen und sich für alle Ewigkeit einen Platz an der Sonne erobert hatte, setzte er sich wieder, glücklich wie ein König oder vielmehr wie ein Diktator.

Beim vierten Schluck kamen ihm Ideen in den Sinn, die er gewöhnlich nicht hatte; er dachte; er schaute auf den Kalender, der die Vorzüge einer Aperitivmarke pries und fragte sich, was denn das eigentlich bedeute, der Tag, der Monat, das Jahr; er amüsierte sich höchlichst über die ersten Fliegen der Saison, die in ihrer Falle aus gummiertem

Papier zappelten und sich kraftlos bemühten, wieder freizukommen, bevor sie starben; natürlich, sagte er, und war stolz, daß er in der Schule so gut aufgepaßt hatte, die Menschen gehen im Grunde auch mit dem Kopf nach unten auf dieser großen Kugel herum, die sich dreht. Und wirklich, alles drehte sich: ein majestätischer Walzer riß die Wände fort, den Kalender mit den Aperitiven, das Plakat mit den Orangen, das Bild des Staatschefs und seine eigene Hand, die vergeblich versuchte, eine Flasche festzuhalten. Ein weiterer Schluck, und seine Augen schlossen sich, als sei die Nacht sehenswerter als das Schauspiel einer Kneipe; der Lehne seines Stuhls fehlte die stützende Wand; er rollte auf den Boden, ohne seinen Sturz zu bemerken, und er war glücklich wie ein Toter.

Nachwort

Eine erste, ein wenig kürzere Fassung von »Eine Münze in neun Händen« erschien 1934. Das vorliegende Buch ist sehr viel mehr als ein einfacher Nachdruck oder eine zweite, korrigierte und um einige neue Passagen erweiterte Auflage. Ganze Kapitel wurden umgeschrieben und manchmal beträchtlich ausgebaut. An verschiedenen Stellen haben die Retuschen, Streichungen und Umstellungen kaum eine Zeile des alten Buches verschont; an anderen hinwiederum bleiben ganze Blöcke der Fassung von 1934 völlig unverändert. In seiner heutigen Form ist der Roman zur Hälfte eine Neufassung aus den Jahren 1958–1959, aber eine Neufassung, in der das Neue und das Alte so ineinandergreifen, daß es selbst dem Autor kaum möglich ist, zu unterscheiden, wo das eine beginnt und das andere endet.

Nicht nur die handelnden Personen, ihre Namen, ihr Charakter, ihre gegenseitigen Beziehungen und jeweiligen Lebensumstände sind die gleichen geblieben, sondern auch die Haupt- und Nebenthemen des Buches, seine Struktur, der Ausgangspunkt der Episoden und meist auch deren Endpunkt haben sich in keiner Weise verändert. Kernstück des Romans ist nach wie vor der halb realistische, halb symbolische Bericht über ein antifaschistisches Attentat im Rom des Jahres XI der Diktatur. Um die drei oder vier Helden der Haupthandlung gruppieren sich, wie damals, einige tragikomische Figuren, die in einem engeren oder entfernteren und manchmal auch in gar keinem Zusammenhang mit dem Drama stehen, jedoch fast alle mehr oder minder bewußt von den Konflikten und Parolen der Zeit berührt werden. Die Absicht, Personen zu wählen, die auf den ersten Blick einer modernen *commedia* oder vielmehr *tragedia dell'arte* entsprungen sein könnten, und dann um so schärfer das herauszuarbeiten, was sie jeweils an unverwechselbar Spezifischem und absolut Einmaligem besitzen und schließlich in ihnen ein *quid divinum* erahnen zu lassen, das wichtiger ist, als diese Menschen selber – diese Absicht lag bereits der ursprünglichen »Münze« zugrunde. Der Bogen zum Mythos und zur Allegorie spannte sich in fast gleicher Weise und strebte ebenfalls danach, das Rom des Jahres XI des Faschismus und die Stadt, in der das menschliche Abenteuer sich ewig zum Knoten schürzt und löst, zu einer Einheit zu verschmelzen. Schließlich wies schon die erste Fassung des Buches einen bewußt stereotypen Kunstgriff auf: Episoden, die durch das Wiederauftauchen derselben Personen und Themen oder durch die Einführung von Zusatzthemen bereits miteinander verwandt waren, wurden durch ein von Hand zu Hand gehendes Geldstück verknüpft und das Zehn-Lire-Stück wurde dort wie hier zum Symbol für den Kontakt zwischen Menschen, die, jeder auf seine Art, in ihren eigenen Leidenschaften und ihrer inneren Einsamkeit verhaftet sind. Bei der teilweisen Neufassung der »Münze« habe ich, wenn auch manchmal mit ganz anderen Wendungen, meist fast genau das gleiche gesagt.

Warum also dann sich die Mühe einer so beträchtlichen Umarbeitung machen? Die Antwort ist höchst einfach. Bei einer neuerlichen Lektüre waren mir manche Passagen zu gewollt elliptisch erschienen, zu vage, andere zu gekünstelt, zu verkrampft oder zu schlaff, und wieder andere ganz einfach unangebracht. Die Änderungen gegenüber der Fassung von 1934 zielten auf eine vollständigere und daher differenziertere Darstellung gewisser Episoden, auf größere psychologische Tiefenschärfe, auf Vereinfachung und Klärung hier und, wenn möglich, auf Vertiefung und Bereicherung dort. Ich habe versucht, einige Stellen realistischer und wieder andere poetischer zu gestalten, was dasselbe ist oder sein sollte. Der Übergang von einer Ebene zur anderen, die jähen Umschwünge vom Drama zur Komödie oder zur Satire sind noch häufiger geworden, als sie es ohnehin schon waren. Zu den bereits verwendeten Verfahren – wie direkte und indirekte Erzählung, dramatischer Dialog und manchmal sogar lyrische Arie – kam noch, bei ziemlich seltenen Gelegenheiten, ein innerer Monolog, der jedoch nicht, wie dies fast immer beim zeitgenössischen Roman der Fall ist, ein Gedächtnis zeigen soll, das passiv den Fluß der ablaufenden Bilder und Eindrücke spiegelt, sondern sich hier auf die Grundelemente der Person und fast immer auf den einfachen Wechsel von Bejahung und Verneinung beschränkt.

Ich könnte beliebig viele dieser Beispiele anführen, die weniger den Romanleser als den Romanschreiber interessieren dürften. Es sei mir jedoch gestattet, die landläufige Meinung zurückzuweisen, nach der die Überarbeitung und schon gar die teilweise Neufassung eines alten Werkes ein unnützes, wenn nicht schädliches Beginnen ist, dem man sich ohne Verve und Begeisterung unterzieht. Für mich war es im Gegenteil ein erregendes Gefühl, mit einem seit so langer Zeit erstarrten Stoff zu experimentieren, zu sehen, wie die Materie wieder formbar wurde, dieses Abenteuer wiederzuerleben, das ich mir ausgedacht hatte unter Umständen, an die ich mich nicht mehr erinnere, vor romanhaften Fakten wie vor früher erlebten Situationen zu stehen, die man gründlicher erforschen, besser interpretieren und eingehender erklären kann, die zu ändern jedoch nicht in unserer Macht steht. Die Chance, dem Ausdruck unwandelbarer Ideen und Gefühle eine längere menschliche und vor allem handwerkliche Erfahrung zugute kommen zu lassen, fand ich zu wertvoll, um sie nicht mit Freuden und einer Art Demut zu ergreifen.

Vor allem die politische Atmosphäre des Buches hat sich von einer Fassung zur anderen nicht geändert, und sie durfte sich auch nicht ändern, denn dieser Roman, der im Rom des Jahres XI spielt, mußte exakt datiert bleiben... Die imaginären Ereignisse wie die Deportation und der Tod Carlo Stevos, das Attentat Marcella Ardeatis, finden 1933 statt, das heißt, zu einer Zeit, als die Ausnahmegesetze gegen die Regimegegner seit einigen Jahren wüten und bereits mehrere derartige Attentate auf den Diktator verübt worden sind. Andererseits spielen sie noch vor dem Abessinienfeldzug, vor der Teilnahme des Regimes am Spanischen Bürgerkrieg, vor der Annäherung an Hitler und der bald darauf folgenden Unterwerfung des Duce unter den Führer, vor der Verkündung der Rassengesetze und natürlich vor den Jahren der Verwirrung und der Niederlagen, aber auch des heldischen Partisanenwiderstands des Zweiten Weltkriegs unseres Jahrhunderts. Auf das bereits düstere Bild des Jahres 1933 durften keinesfalls die noch dunkleren Farben der Jahre aufgetragen werden, in denen zum Ausbruch kam, was die Periode 1922–1933 schon im Keim in sich trug. Marcellas Tat mußte den Anstrich eines individuellen, tragisch isolierten Protests bewahren, und ihre Ideologie eine Spur des Einflusses jener anarchistischen Doktrinen, die einst so tief die italienische Spaltung gekennzeichnet haben; unangetastet bleiben mußten auch Carlo Stevos scheinbar überholter und belangloser politischer Idealismus sowie der sogenannte positive und triumphierende Aspekt des Regimes, der so lange vielleicht weniger das italienische Volk selber als vielmehr die Meinung des Auslands narrte. Insbesondere ein Grund schien mir für eine Neuauflage des Werks zu sprechen: Die »Münze« war einer der ersten französischen Romane (vielleicht der erste überhaupt), der die hinter der pompösen Fassade des Faschismus verborgene hohle Realität zu einer Zeit herausstellte, da so viele die Halbinsel bereisende Schriftsteller sich wieder einmal am traditionellen Lokalkolorit ergötzten oder die zumindest theoretische Pünktlichkeit der Züge bejubelten, ohne auch nur einen Gedanken an die Frage zu verschwenden, zu welcher Endstation diese Züge unterwegs waren.

Von allen Themen des Buches wurde jedoch vielleicht das politische Thema in der neuen Fassung am meisten verstärkt und ausgearbeitet. Carlo Stevos Abenteuer nimmt eine größere Anzahl Seiten ein, doch die geschilderten Umstände und Ereignisse waren alle bereits kurz oder implizite in der ursprünglichen Erzählung angelegt. Die Auswirkungen des politischen Dramas auf die Nebenfiguren sind stärker herausgearbeitet: das Attentat und der Tod Marcellas werden, was damals nicht der Fall war, ganz nebenbei von Dida, der alten Blumenhändlerin, und von Clément Roux, dem fremden Reisenden, kommentiert, aber auch von den beiden einzigen in den

Gang der Handlung neu eingeführten Statisten, der Wirtin des Cafés und dem Diktator selber, der im übrigen hier wie im alten Roman ein riesiger Schlagschatten bleibt; die Politik berauscht jetzt den Säufer Marinunzi fast ebenso sehr wie der Wein. Schließlich haben Alessandro und Massimo jeweils festere und eigenständigere Konturen in ihrer Funktion als Zeugen angenommen.

Es wird wohl niemanden verwundern, daß der Begriff des *mal politique* in der vorliegenden Version eine größere Rolle spielt als in der Urfassung, noch, daß die »Münze« von 1959 an Bitterkeit und Ironie die von 1934 übertrifft. Doch wenn ich die neuen Partien des Buchs wiederlese, als handele es sich um das Werk eines anderen, dann fällt mir vor allem auf, daß der jetzige Inhalt zugleich aggressiver und nicht ganz so düster ist, daß manche Urteile über das menschliche Geschick weniger schneidend und zugleich schärfer formuliert sind, und daß die beiden Hauptelemente des Buchs, der Traum und die Wirklichkeit, nun nicht mehr getrennt und so gut wie unvereinbar nebeneinanderstehen, sondern eher zu einem Ganzen verschmelzen, das das Leben ist. Rein formale Korrekturen wurden nicht vorgenommen. Das Gefühl, daß das menschliche Abenteuer womöglich noch tragischer ist, als wir schon fünfundzwanzig Jahre früher vermuteten, aber auch komplexer, reicher, manchmal einfacher und vor allem ungewöhnlicher, als ich es bereits ein Vierteljahrhundert zuvor darzustellen versuchte, war wohl mein stärkster Grund für eine Neubearbeitung dieses Buchs.

1959
Mount Desert Island